滾石檢察官不生苔

直島翔

陳柏翰・林宛彤｜譯

NAOSHIMA SHO

目次

角色簡介

久我周平　任職於東京地檢淺草分室。
倉澤　瞳　任職於東京地檢淺草分室。由久我擔任指導員。
有村誠司　墨田署派出所巡查。志向是刑警。

河村友之　汽車經銷商業務。被發現陳屍在鐵路高架橋下。
河村和也　理容師。友之的哥哥。
武藤結花　友之的朋友。拳擊訓練中心練習生。
渡瀨省造　經營拳擊訓練中心。
渡瀨勝美　中古車經銷商，WATASE CARGO（渡瀨貨物）的老闆。省造的弟弟。
松井祐二　前職業拳擊手。

小橋克也　東京地檢刑事部主任檢事。
田中　博　東京地檢特搜部財政班。擁有註冊會計師的資格。
常磐春子　曾任檢察官的律師。曾是東京地檢特搜部第一位女性檢察官。
里原忠夫　東京高檢檢事長。是呼聲最高的下一任檢事總長人選。
吉野謙三　仙台高檢檢事長。里原的勁敵。
福地浩介　東京地檢特搜部長。吉野派的頭號人物。

組織架構之補充說明

▽日本警察機關的組織架構，由高到低為：
公安委員會↓警視廳↓地方總部↓警察署↓派出所[1]。

▽日本警察共分為九個階級，由高到低為：
警視總監↓警視監↓警視長↓警視正↓警視↓警部↓警部補↓巡查部長↓巡查。

▽日本檢察機關的組織架構，由高到低為：
最高檢察廳（僅1間）↓高等檢察廳↓地方檢察廳↓區檢察廳。

▽日本檢察官[2]階級由高到低為：
檢事總長↓次長檢事↓檢事長↓檢事↓副檢事。

▽日本檢察機關各廳掌管者職稱：
最高檢察廳：檢事總長（副手／次長檢事）。
高等檢察廳：檢事長（副手／次席檢事）。
地方檢察廳：檢事正[3]（副手／次席檢事）。

1 派出所隸屬警察署地域課。
2 日本的檢察官稱為「檢事」。因日本檢察官職稱較為複雜，故本書在職階部分會以原文呈現。
3 檢事正僅是職務上管理整個地方檢察廳，職階上仍屬檢事。次席檢事亦同。

滾石檢察官不生苔

序章

風戛然而止，雷門的大燈籠也停止搖晃。

久我周平快步跑上地鐵樓梯，來到門後的陰涼處，呼吸著晴朗的夏日氣息。

上午九點，紫外線毫不留情地照射在連接淺草寺的參道上。沒有了觀光客的喧騰，石板路竟是如此令人意想不到地白淨。

沿著參道向前，走到飄散著線香煙味的境內[1]前右轉，再步行大約五分鐘，就能看見久我作為檢察官執行勤務的官廳。

東京區檢察廳　淺草分室

一棟老舊的水泥建築懸掛著上述字樣的看板。

就在前幾日，久我走出玄關，準備外出享用午餐時，一個看似學生、因為機車超速前來繳納罰金的年輕人向他詢問。

「不好意思，請問這裡是台東區的檢察廳嗎？」

1 指神社或寺廟內的土地。

他壓抑著怒氣回答這個問題：

「不不不，所謂的區檢呢，和區公所完全沒有關係。它算是國家機構，隸屬東京地檢底下的機關。這樣的解釋你懂嗎？」

年輕人的嘴巴微張。雖然點了點頭，但不知道是否理解。

比起警察，一般人對於檢察機構較為陌生。如果談到與裁判所的關係，最高裁判所對應最高檢察廳；高等裁判所對應高等檢察廳；地方裁判所對應地方檢察廳……是不是要從最高層開始依次說明，最後再提到簡易裁判所對應區檢察廳呢？還有那字面上的「區」，並不像是千代田區、港區等行政上的區域劃分，而是以檢察廳和裁判所各自管轄的區域劃分，例如「東京區」指的是東京全部二十三區，對一般民眾來說很容易混淆。

久我一邊吃著蕎麥涼麵，一邊重新思考：「不對……就算解釋到這種程度，應該還是不會懂。」

走進區檢分室的玄關立刻就能看見繳納罰金的窗口，有人拿著交通違規的罰單在此處排隊。雖然有一位從本廳交通部前來支援的副檢事在出納員旁邊辦公，但工作內容沒有重疊。而久我作為隸屬刑事部的檢察官，在分室占有一席之地，但平常也就只受理一些向簡易裁判所求處罰金的輕微案件。

「早安。」久我向一名從拘留所前來輪班的年輕看守員警打招呼，然後詢問：「那傢伙來了嗎？」

「如果您是指倉澤檢事，她二十分鐘前就來上班了。」看守員警回答。

那個直言不諱、發表意見不落人後的後輩一定會因為他遲到而生氣。久我小心翼翼踩著階梯上樓；當他的手指觸碰到檢察官室的門時，正好遇見抱著長柄電風扇的倉澤瞳。

「你遲到了。」不出所料，她的眼神上吊，怒視久我。

「抱歉、抱歉，因為搭電車的人太多了。」

「嗯？」倉澤歪著頭。她的頭部轉動速度如往常一樣快速。她察覺到奇怪的藉口，動了動那對自我意識似乎很強烈的瞳孔。

「久我前輩啊，沒有人會因為搭電車的人太多而遲到。請不要像漫才[2]的裝傻擔當那樣說話。別以為我會笑著原諒你。因為我就是從家裡抱著電風扇，搭上電車，一路汗流浹背走過來。」

「真是辛苦了，把它放在審訊室吧。」久我尷尬地撓頭。

雖然審訊室有空調，但只有一個裝上鐵條的小窗戶，通風不良。即使隔著桌子，與嫌犯面對面保持兩公尺的距離，彼此呼出的氣息仍然會充斥整個房間。傳染病的風險尚未完全解除。倉澤聽說有某位地方檢察廳的檢察官在審訊過程中被嫌犯傳染，便立刻採取行動。聽說可以用電風扇把滯留的空氣吹出窗外。

2 漫才是日本的一種喜劇表演形式，通常由兩個人組成，一人負責裝傻，一人負責吐槽，類似對口相聲。

「好，放這裡吧。」她把電風扇放在桌子旁邊，然後把風扇擺頭拉到最高，按下開關。微風伴隨著嗡嗡聲吹拂。她皺起眉頭，神情略微擔憂地眺望著窗外的晴空塔。

「這樣通風應該能好一些吧。」

「說到這個，我買了這個實驗道具。」久我從西裝口袋裡拿出一個包裝完好的物品。

「那是什麼？」

「風鈴。」

「原來如此。」

「我在參道的伴手禮店找到的。因為海外觀光客受到限制，營業額不如以往，店家的婆婆很感謝我。」

風鈴是雷門紅色大燈籠的樣式。

「好可愛。」倉澤露出微笑，估計是恢復心情了。她從久我的手中接過風鈴，把它吊在窗戶的鐵條之間，和紙的風鈴輕輕搖晃。叮鈴鈴……響起一道與審訊室不相稱的風雅音調。

第一章　河畔的檢察官

1

區檢的檢察官室有三張桌子。除了久我和倉澤，還有已經屆齡退休的田崎事務官的空位。

「接任田崎前輩的人什麼時候會來？」倉澤冷淡地詢問。

「不知道。」

「請你向本廳催促一下。這裡所有事都是我包辦了，真羨慕本廳的那些同期啊。他們甚至還有很多位事務官。」

倉澤任職大約一年半。在法務省的人才培育學程中，規定第二年結束前都不能獨立工作，需要遵循指導員的指示。以她的情況，初次任職地是這個下町[1]的區檢分室，由久

1　日本地理名詞，相對詞為「山之手」。原指近海、海拔較低的區域，因船運興起而商業發達，是日本都市初期發展的核心。如今多指稱舊時庶民所居住的地區，有許多的古風建築，為民宅、職人工坊等的聚集區。

我擔任指導員。同期十人之中，只有她被分配到分室任職，所以她對此相當不滿。

檢察官的工作重點就是嫌犯的懲處。針對警方移交過來的案件，以下述三種方式處理：向地方裁判所聲請正式審判的「起訴」，簡易裁判所的「略式起訴[2]」以及「不起訴」。但是倉澤被分配到所謂「區檢分室」的地方辦事處，正式起訴等級的案件完全不會送到此處，因此平常只會處理到輕微案件。

順帶一提，淺草分室負責東京東北部，霞關地檢本廳內的區檢負責中央部，品川分室則是受理西南部的案件。

「我們這裡被稱為隅田川分室。」倉澤不滿地說。

「有那樣的別稱嗎？」

「你不知道嗎？那不是別稱，而是歧視的鄙稱。我去本廳提交文件時，見到了一些同期，但總覺得他們都在嘲笑我。」

「不過是負責的區域不同，他們的主要工作也都是略式案件吧？」

「話是這麼說沒錯，但就是有種疏離感。對了，久我前輩最初的任職地在哪？」

「是濱松支部。」

2　檢察官得向簡易裁判所聲請；可免去正式審判程序，只依照書面審理，宣判罰金（一萬日圓以上一百萬日圓以下）或是科料（一千日圓以上一萬日圓以下）的特殊審判程序。

「咦，靜岡的？一開始就去支部嗎？」她一說完，立刻慌張地把手舉到嘴邊，似乎察覺到自己提出失禮的問題，尷尬地摀住嘴巴。

「不用在意。」久我坦然回答，腦海中浮現出司法研習生時期，教官講述的人生指南。

「你的志願是檢察官吧。現在是重新思考的時候了。只有到二浪[3]為止的人能夠理所當然地出人頭地。」

久我在司法考試中落榜四次。那位教官說的話，就像是決定了他往後的檢察官人生，初次任職是在濱松支部，後來也都只在中小型支部之間輪調。至今從未去過那棟在各個地區被稱為「本廳」的建築物——地方檢察廳。

「話說回來，倉澤檢事兼事務官，今天警方的預定解送呢？」雖然故意開她玩笑，但她似乎仍然在意剛才提出的問題，所以沒有像平常一樣回嘴，反而老實地回了一句「我確認一下」，然後查看電腦螢幕。「今天有……一名人犯。」

檢察官會將逮捕後解送檢察廳的嫌犯稱為「人犯」，用來分辨解送檢察廳的是「人犯」還是「證物」。

「只有一件嗎？挺少的。是哪一署？」

3 二浪是兩年浪人的簡稱，浪人指的是落榜考生，故二浪即為連兩年落榜的考生。

「綾瀨署。一名男子以公然猥褻的現行犯遭到逮捕。聽說是在綾瀨車站前的商店街裸露。他……是累犯呢。去年在千住署的轄區也犯下相同案件，三十六歲、無業，名字是……」

「啊，我想起來了。他當時哭著說會反省，所以我給予緩起訴。是那個不動產租賃業的地主兒子吧？原本當老師的？」

「沒錯，就是他。」

久我仰天深思。

公然猥褻罪是六個月以下徒刑或是三十萬圓以下的易科罰金。

「綾瀨署表示下午三點會把人帶過來。由於是累犯，所以我會提出略式起訴，罰金是否聲請最高的三十萬呢？」

「好，就這麼辦。不過對有錢人家的小孩來說，這點錢不算罰金吧。」

今天的日程表上也沒有重罪。如果綾瀨署轄區發生殺人案件，並立刻逮捕到犯人的話，即使是警方也能判斷是否為正式起訴案件，所以他們通常會越過分室，直接把案件移送本廳。雖說如此，但檢察官也能依照判斷，將輕微案件轉入正式起訴級別。

久我想起一件事，必須對倉澤手邊的某個案件下達指示。

「妳說那個涉嫌毀損器物，被裁處拘留的老人叫做三橋五郎嗎？」

「是的。因為不滿餐廳營業至深夜，就踢壞展示櫃的老爺爺。」

「放了他吧。」

「為什麼啊？我才剛把他帶去裁判所，讓他被拘留十天而已。」倉澤顯露抗議的神情。遭破壞的展示櫃價值三十萬圓，而且三橋爺爺完全沒有表現出反省的態度，因此倉澤認為只有罰金還不夠，積極準備分室少見的正式起訴。

「追出早上用手機連絡我，聽說三橋爺爺的兒子已經和店家和解了。」

追出孝夫——墨田署的刑事課長，倉澤知道他和久我是酒友。

「追出課長是覺得很難聯絡到我，所以才告訴久我前輩的吧。」

一針見血的言論，久我只好尷尬地撓頭。

倉澤怒目。「因為我是潑婦嗎？」

「喂，妳想讓我回妳什麼啊。」久我含糊其辭，敷衍回答。如今這個世代，要是正面回答類似問題，可能會往性騷擾的方向發展。

「我不會提前釋放他喔。如果已經和解，那可能沒辦法正式起訴，但是那個老人必須待到拘留期滿才能學到教訓。」

「他的態度有那麼差嗎？」

「是的，我很生氣。他自己常去小酒館，然後說都是因為那間常有年輕人光顧的牛排店不停止營業，才導致疫情擴大。」

「確實很惡劣。」

「是不是！真想問他自以為自己是誰。就算是老爺爺，我也不打算寬恕他。」

久我覺得雖然合理，但也不能忽視雙方已經和解一事。「我理解妳的心情。但是，如果他的兒子已經帶著誠意道歉和賠償了，那無論本人是否有反省，刑罰都是要減輕的。檢察官在確定應裁處罰金時，就不能再繼續拘留當事人。」

「啊——結果和平常一樣嗎……」倉澤勉強地點頭。

2

最近女兒菜穗和妻子多香子的聲音變得非常像，經常沒辦法透過對講機區分差異。

「我回來啦。」

「好，我來開門。」門的另一頭傳來解鎖的聲響，前來應門的是多香子。「哎呀，不是菜穗來開門，是不是有點可惜？」

「不是有點而已。」

「你這傢伙，小心我不給你飯吃。」結婚將近二十年的妻子微笑著投射銳利目光。久我和妻子還有就讀高中的女兒，三人一起住在門前仲町的法務省公務員宿舍。

雖然女兒沒有來應門讓久我看起來很失望，但其實他內心稍微鬆了一口氣。最近一、二年來，他都無法理解女兒的態度。回話變得極短：「煩」、「嗯」、「扯」、「沒」

等等……最近還多了讓人惱火的「草」[4]。聽說是網路上表情符號所衍生的「笑」的意思，但是有被當成笨蛋的感覺。一想起她小時候騎在脖子上吵鬧的模樣，就覺得寂寞。

「她從今天開始暑期輔導。十點之後才會回來。」

「要到那麼晚嗎？」

「她突然說要考東大，預備校[5]也已經改上高年級學程了。」

「真不像是我們的孩子啊。」

「就是說啊。聽你說要轉調到東京的時候，還在思考轉學的事，幸好進入一間不錯的都立學校。說不定真的會成為隔壁那位父親的後輩喔。」

隔壁住著一位法官，他有一個兒子，雖然和菜穗不同高中，但都是同年的考生。

菜穗是久我在司法考試的浪人時期[6]生下的小孩。他當時從東京都內的私立大學畢業之後，在藥妝店打工；而多香子在化妝品公司的子公司擔任業務，頻繁在店裡相遇的二人因此墜入愛河。多香子懷孕時，她的雙親對於沒有穩定工作的久我表示憤怒與擔憂，但一看見出生之後的可愛嬰兒後，便允許他們結婚了。

4 從日文「笑(Warai)」縮減成的網路用語「w」演化而來。「w」本身表示哈哈大笑的意思，而連用一長串的「wwwwww」則可強調爆笑的程度，因為其形狀像一片草叢，而多了「草」、「大草原」等變化用法。
5 近似準備考大學的補習班。
6 由於浪人指落榜考生，浪人時期則指重考時期。

「菜穗好像受到隔壁的光司影響。他在預備校也上一樣的學程。不僅讓樂天派的菜穗拿出幹勁，好像還在回家路上當她的保鑣呢。」

「保鑣？他是那麼可靠的男孩子嗎？」

「一定是對菜穗有意思啦。」

「可惡，如果帶壞菜穗，我就逮捕他。」久我一邊臭罵著，一邊從冰箱中拿出啤酒。「啵」地一聲打開瓶蓋時，久我注意到放在桌子上的白肉生魚片。

「這……難道是真鯛嗎？」

「對啊。和鰹魚的價格一樣。好像是因為顧客還沒辦法去餐廳用餐，所以偶爾會以便宜到嚇人的價格賣掉那些高檔魚貨。」

久我的腦中回憶起從小生長的瀨戶內市的景色。當時為了上大學而離開那座漁夫小鎮，母親目送久我搭乘火車時，從車站的海鮮市場傳來的乾貨香氣甚至飄散至月臺。

「我有話要說。」多香子突然坐在久我對面。

「什麼啊，一副正經八百的。」

「很多事要談，剛好菜穗不在。」

「是拒絕把手機換成 5GO 這件事嗎？」

「是5G，沒有O。」

「不然是什麼？」

「不只是要考上東大，她還要選法學部，以司法界為目標。」

久我差點把口中的啤酒噴出來。他一邊擦拭嘴巴一邊說：「竟然不是文學部嗎……別說傻話了，她是一個分不清文化祭和運動會，而且會穿著運動服去上學的傢伙喔。」

「你反對？」

「那當然啊。」

「為什麼？」

「還問為什麼，她如果穿著運動服上法庭怎麼辦。」久我含糊地回答。

「她很生氣喔。說你老是把她當小孩子對待，所以變得沒辦法好好和爸爸說話。另外，還有關於周平老家的事。那個孩子好像開始覺得很奇怪，差不多該和她說了吧。」

「喔，老爸的事嗎？」

「是的。」妻子默默點頭。

久我的視線朝向水槽的水龍頭。他的父親，芳郎，曾是水管工程的專家。工作用的輕型休旅車上除了工具箱外，還胡亂堆疊著修繕漏水時不可或缺的一堆舊毛巾、不鏽鋼水龍頭的零件或密封件[7]。如今女兒已經十八歲，他還是不知道要用什麼心情來傳達那件事。

7　防止流體或固體微粒從相鄰結合面泄漏，以及防止外界雜質，如灰塵與水分等，侵入機器設備內部的零件。

這時，手機鈴聲似是要打破迷惘般響起。畫面上出現墨田署追出的名字。

「我是久我。」

「你已經下班了嗎？」

「是的，才剛在家舒服地坐下而已。有什麼事嗎？」

「也沒什麼，只是我還沒收到上次那個爺爺的釋放指揮書[8]。他的兒子要帶他回去卻沒辦法離開牢房，有點傷腦筋啊。」

「哇，真是抱歉。」

倉澤忘記送件就回家了，而且她住在琦玉。還是久我自己返回區檢拿文件會比較快，因此他回答會親自送件過去之後，就掛斷了電話。

離開公務員宿舍後沒多久便聽見雷聲。仰望天空，白天時的晴朗如同謊言一般，密布的烏雲籠罩整座城市，路燈黯淡——頃刻間便下起大雨。無數的水滴敲打在柏油路上，久我拔腿往車站前進。他穿著濕漉漉的西裝搭乘大約十五分鐘的地鐵。離開淺草站來到路面上時，已是雲層稀疏，雨也停了。佇立在隅田川對岸的晴空塔，塔頂附近有好幾顆星星閃爍發亮，似乎是設計者的別出心裁。

久我一踏進檢察官室就開始尋找釋放指揮書，但是沒有放在規定位置，所以遲遲找

8 指揮書是由負責該案的檢察官所開立，在拘留期滿或取消拘留處分時，拘留機構須依指揮書釋放被收押人。

不到。他一邊想著接下來的行為不可取，一邊打開了倉澤座位的抽屜，終於找到那份失蹤的文件。真是的……

正當久我鬆一口氣，把那張紙抽出來時，發現底下還藏著另一份意想不到的文件。上面印著「國際刑事法學會」字樣，舉辦日期是今晚。很少有檢察官能被轉調至海外的大使館或ＩＣＰＯ（國際刑警組織）。久我不禁羨慕起擁有無限希望與可能性的倉澤。

3

過了隅田川再徒步大約十分鐘，便能抵達墨田署。久我抵達時，一名年輕巡查正在前庭擦拭警車，似乎是因為驟雨沾染淤泥。巡查向久我搭話，表情有些僵硬。

「請問有什麼事嗎？」

「刑事課的追出課長叫我來的。」

巡查一聽，立即挺直腰桿向久我行舉手禮。然後自稱是地域課[9]的有村誠司。

「我一直在等候您的到來。追出課長吩咐我要立刻帶您去見他。」

有村把抹布扔進水桶，重新戴上放在一旁的警帽，俐落地打開後座車門。

9　警察體系中最接近市民的部門，如派出所的運行與管理、日常巡邏、收受報案與鄰近突發事件的應對。

「請您上車吧。」

「咦？我需要上車嗎？」

「是的。」

久我一邊感到困惑一邊上車。有鑒於傳染病尚未收斂的時節，他的腦海中只閃過一個念頭。難道是三橋爺爺出現發燒或是其他感染症狀，被緊急送到醫院嗎？如果是這樣，那麼延遲釋放可能會危及性命。警車發動，久我一臉擔心地詢問：

「發生什麼事嗎？」

「我沒有收到任何通知，我只是一名巡查。我巡視完回署時，追出課長只吩咐我立刻把來訪的客人帶過去而已。」

「那麼，我們現在要去哪？」

「就在附近。東成電鐵和縣道交叉的高架橋下，以地理位置來看的話，就是向島。」

「那裡有醫院嗎？」

「沒有。但是有購物中心的施工現場。」

「購物中心？」

「您不知道嗎？淺草和晴空塔這兩處觀光景點中間，將會蓋一棟購物中心喔。」

有村踩下油門，似乎沒有注意到滿腦子疑惑的久我。在沒有高樓的下町街景中奔馳大約五分鐘後，終於抵達目的地；現場有幾臺警車和救護車，道路圍起黃色反光的封鎖線，無論怎麼看都是事故現場。

追出也在現場；他凝視著久我的臉，好像他的臉上有什麼奇怪之處。擔任司機的巡查下車後，追出立刻上前，暴跳如雷地說：

「喂，有村，你知不知道你載了誰過來！」

「這位是七方面[10]的驗屍官。」

「笨蛋！你這個冒失鬼！這個人是檢察官。」

巡查驚慌失色。

「對、對不起！我立刻把他帶回署裡。」

「不用了。如果驗屍官到署裡，再請值班的人帶過來吧。」

久我苦笑，調解似地說：「追出課長，沒有自我介紹也是我的失誤。你是有村吧，我是區檢的久我。」

「區……區檢嗎……」

這個身為警察的年輕人好像也不知道什麼是區檢。久我接著補充：「不要和區公所搞混喔。」

10 東京都內設有十個方面本部，立場介於本部和轄區之間，負責各轄區的聯繫與協調應對，以及轄區警察署的監察業務。

「久我啊，真是不好意思。那通電話之後突然接到通知，我就立刻離開警署了。」

「那個爺爺還在牢裡嗎？」

追出看了一眼手錶。「已經熄燈睡覺了。我跟他兒子解釋過後，已經請他先回去了。」

「這裡應該很忙，我等一下回去時再把文件交給值班人員。」

「謝謝，真是幫了大忙。畢竟現在封鎖道路，如果不快點解除，市民會打電話來抱怨的。」

此時傳來一道劃過金屬的刺耳聲響。在沒有分隔島的縣道中間，拖吊車開始牽引一臺引擎蓋凹陷的事故車輛。那似乎是一款競速狂會喜愛的紅色跑車，擋風玻璃出現有如蜘蛛網般的裂痕。

「到底發生了什麼事？」久我問。

「有個年輕男子掉到那臺車上，從那裡。」追出指向道路正上方東成電鐵的高架橋。如果用集合住宅比喻，大約是四樓陽臺的高度。但需要思考的是，他是自殺？還是不小心墜落？抑或是被誰丟下來的？救護人員抵達現場時，墜落的男子早已氣絕身亡。

「紅色跑車的小哥生命沒有大礙。雖然他緊急踩下煞車，車子迴轉一圈，但還好有繫安全帶，大概只是脖子痛的程度而已。」

「看起來速度非常快啊。掉下來的人居然會飛到那裡。」久我注視著距離高架橋正下方大約十公尺遠的人行道。鑑識人員來回蒐證，可以從鋪設在行道樹之間的灰色罩布縫隙中，看見一雙文風不動、屬於男人的腳。

「他從哪裡爬上高架橋的呢？」

「應該是那個工地吧。」追出指向購物中心的施工現場，磚紋工業風的牆上有許多窗戶。能讓電車在屋頂上行駛的大樓，已經完工接近八成。仔細一看，會發現側面設置的Ｚ字型樓梯。即使是外行人也能看出來是折疊梯，和工程用的臨時樓梯有所不同。

有村顯得有些不知所措。

「喂，你沒有什麼話要對我說嗎？」

「非常抱歉。」他低頭。

「那什麼……我之前命令過這傢伙，叫他去跟現場監工說，把樓梯收起來。因為收到町內會[11]通報，有幾個男性遊民每晚都會非法入侵，我們才剛派人驅離而已。每晚都要召集值班人員以外的人手，唉，那時真是辛苦啊。」

「原來發生過那種事。」

「這傢伙說他認識現場監工，雖然提醒過，但才剛放著樓梯不管，就立刻發生其他案件。」

有村垂頭喪氣。

11 日本常見的一種居民自治團體。

「課長！」此時突然傳來一道呼喚追出的聲音。一名從肩上拿起無線電的員警走近，表情嚴肅。「剛剛接獲無線電通報，驗屍官還需要一個小時才會抵達。」

「什麼？這麼慢？」

「是的。」

「原因呢？」

「不知道。」

「真是的，強行組的那群傢伙。」

驗屍官[12]大多來自於專責偵辦殺人或搶劫等重大案件的搜查一課強行犯搜查組；而追出到墨田署上任以前，曾長期任職於三課的竊盜偵查組，但就算同屬刑事部，兩者也是不同的領域。他和久我喝酒時，也經常對擁有明星光環的強行組，使用一些帶有偏見的措辭。

追出對著遺體所在的人行道方向使了個眼色，然後壓低音量說：

「久我啊，你要去看一下嗎？」

久我想著，該來的還是來了。

12 日本的驗屍官並非醫療工作者，而是警察。但須符合以下資格：一、具備刑事搜查經驗；二、所屬刑事部搜查一課或鑑識課；三、在警察大學學習過法醫學，且階級達警部或警視以上。

「有村，這位久我檢事是我的大體老師喔。」

「大體老師？」巡查茫然。

「請不要說一些會讓人誤解的話。」久我苦笑。

「之前他一邊吃地雞刺身[13]，一邊教我內臟知識，像這樣用筷子撕開生雞肝之類的。」

要推斷死亡時間，最可靠的情報來源就是肝臟的溫度。因為那是一個能夠保留足夠血液量，且不容易受到外部空氣影響的器官。

追出掀開罩布時，出現一名呈臥姿狀態的年輕男子。從車體損毀的情況來看，那是一具比想像中還要完整的遺體，幾乎沒有出血的情形。他穿著夏季的輕薄西裝，以抱住枕頭的姿勢般橫躺在地。

久我向追出借了一雙乳膠手套，穿戴好之後，蹲在遺體旁。雖然遺體的脖子上沾有泥土，但頸椎沒有明顯的外傷；即使沒有脫去上衣，也能看出他的脊椎並沒有不自然的扭曲變形。

「脖子和西裝都完好……那問題就出在頭部了。」久我指著在路燈下散發光澤的濃

13　日本鹿兒島、宮崎一帶的特色料理。將生食級雞肉切片，蘸醬油、大蒜、生薑等佐料食用，有時也會將雞肉表面炙燒一下。地雞是某種日本國產雞的統稱，其血統與飼育方式都有嚴格規範，因風味絕佳，被視為一種高級食材。

密黑髮。「從頭的側面到後腦勺有一段明顯的凹陷。我想死因是外傷性的硬腦膜下腔出血[14]。凹陷區域大約是直徑七公分，意外地寬。如果撞擊頭部的東西是像球棒或鐵鎚這種接觸面積小的硬物，是不會造成這種傷痕的。」

「那就是擋風玻璃了。」

「不，應該不是……」

「咦？不是嗎？」

久我似乎很苦惱地點頭。「事故車的擋風玻璃只有裂痕，並沒有碎裂吧。」

「啊，確實。」一追出目不轉睛地盯著正被拖運的紅色跑車。

「人類的頭骨是人體最硬的骨頭。赤手空拳奮力毆打的情況下，就連手指的骨頭也會裂開。如果是以頭部撞擊疾速行駛中的跑車，但卻沒有造成擋風玻璃粉碎，是一件很奇怪的事。」

在一旁默默不語的有村，此時開口說了一句：

「檢察官也會驗屍嗎？」

久我對於巡查天真的提問笑了笑。「檢察官幾乎每天都會看到殺人、傷害致死、交

14 硬腦膜是保護中樞神經系統的三層腦膜中的最外層，另外兩層是「蛛網膜」和「軟腦膜」。硬腦膜下腔出血代表靜脈滲出的血液聚積到硬腦膜與蜘蛛網膜之間。這是外傷後最容易發生的顱內出血類型。

通事故死傷等事件的證據，自然而然就很熟悉死因了。」

「但是您看起來好像很習慣實地驗屍，而不是透過文件或照片。」

「哦，有村，你抓到重點啦。久我是個連司法解剖的見證都不會交給驗屍官的檢察官呢。」

「唉，那件事就別提了……」雖然久我試圖阻止，但追出不予理會，開始說起久我在北九州市的小倉支部擔任主任檢事[15]時，處理暴力集團事件的故事。

「在北九州參與除暴運動的市民中出現了犧牲者，警方本打算以傷害致死罪提交該案件，但這個人徹底查明死因，將案件上升成殺人案。所以被起訴的組長[16]非常恨他。」

「閒聊就先到此為止吧。」雖然久我不介意重提往事，但他還是出言制止，然後轉向遺體。「查清他的身分了嗎？」

追出拿出筆記本，唸出從駕照和名片上抄寫下來的內容。

「河村友之，二十七歲，汽車經銷商的業務。」

就久我看來，死者的年紀和職業與他身上的服裝似乎有些不相稱。

「他穿著很好的西裝呢。還有那支手錶。」

15 發生重大刑事案件時，必須負責統籌該案件的檢事，即為主任檢事；該職位通常由經驗豐富的資深檢事出任。

16 日本暴力團的名稱常為「〇〇組」，組長即為該暴力團的頭頭。

「是啊，這西裝料子和手錶都是上等貨，依我見識過那麼多贓物來判斷，肯定沒錯。」追出似乎希望久我能注意到自己在三課培養出的好眼力。

但是久我沒有理會，再次沉浸於遺體的檢視。

「手部完好，沒有防禦性傷口。」

「這就表示他沒有和別人起衝突吧。」追出浮現放鬆的表情。估計是這位專責偵辦竊盜的刑警不希望發生不熟悉的殺人案件。

久我瞥見他的樣子，低語了一句「現在放心還太早了」，然後又接著說：

「請看右邊的鞋子。鞋尖上有泥土，還有像是摩擦的痕跡。」

「還真的有。」

「有村，你可以到追出背後使用尼爾森式固技[17]嗎？」

「由我對課長使用嗎？」

「因為你比較高。」

「原來是我要扮演屍體啊。」追出露出些許不服氣的表情，但是當有村一邊躊躇一邊站到他背後時，他還是老實地舉起了雙手。

17 源自Nelson hold，一種固定技。在對手背後，將雙臂從他的腋窩下穿過，向上勾起，雙手回扣於其頸後並交握，同時雙臂夾緊，使其無法任意移動。

「固定他之後，可以稍微把他舉起來，然後往旁邊走幾步嗎？」

有村按照久我的指示，讓追出的鞋尖滑過地上的泥土。如果是柏油或水泥地面，鞋尖上有摩擦痕跡也就不奇怪了。

「所以說鞋子上的痕跡，就是有人把屍體搬到高架橋上的證據吧。」

「不對，只是有這個可能。你去踢磚牆也會出現這道痕跡。」久我的話像是在教訓飄散出興奮氣息的有村。

追出顯得悶悶不樂。只要無法將案子斷定為殺人之類的正式案件，就沒辦法呼叫搜查一課支援，對於轄區的刑事課長來說，不完整的證據最令人困擾了。

4

隔天，倉澤難得對久我提出了午餐邀約。

二人走進街上的燒肉店。倉澤似乎感到非常不滿，因為冷麵裡的西瓜比在Instagram看到的尺寸還要小。她一邊用筷子挑出西瓜籽一邊說：

「我在ＩＧ上看到的西瓜幾乎蓋住一半冷麵。這個跟白熊冰上的水果根本差不多啊。」

「白熊冰是什麼？」

「是刨冰。而且除了西瓜，還會擺上草莓、哈密瓜、橘子等水果，最後再淋上煉乳，似乎是鹿兒島名產。」

「哦，好像便利商店也有販售吧。」久我想起菜穗偶爾會買來吃。

倉澤吃完冷麵之後，終於說出聚餐的理由。

「久我前輩，昨天真是對不起。聽說你還特地跑了一趟區檢。」

「沒什麼啦。我很快就找到文件了。」

「因為你整個早上都沒有提起這件事，一直讓我很在意。所以我就想說邀請你一起吃午餐。真的對不起。」倉澤低下頭。

「還有……」倉澤把手伸進包包裡探索一番後，拿出一個小禮盒。那是雷門燈籠樣式的風鈴。

「我也去伴手禮店買了。謝謝你告訴我。」

「為什麼要向我道謝？」

「因為可以找到適合外婆的禮物，很令人高興啊。」

她拿著風鈴在久我面前搖晃。

叮鈴鈴……叮鈴鈴……清脆的鈴聲彷彿能讓人陷入淺眠。

「喂，妳是想催眠我嗎？」

「哈哈哈，才不是。只是想確認聲音而已。嗯，這個的話，外婆應該也能注意到了。」

「這是禮物吧。」

「對，因為外婆自己住在團地[18]。而且她有冷氣病[19]，有時甚至會不小心在大熱天把空調關掉，我很擔心她會不會因此中暑。所以，只要我把這個吊在空調附近，她就能知道風有沒有流動了對吧？」

「看來妳很喜歡外婆啊。」

「我十幾歲的時候，父母的感情出現問題，所以在外婆家住了大約兩年；對外婆的感情已經超越喜歡了。」

久我心想，這故事聽起來比風鈴聲更美好。

久我看向牆上時鐘，發現午休時間已經所剩無幾。轄區內的警察如果在早上接獲需要送檢的案件，通常都會集中在下午一點之後來電。

「我們回去吧。」

但倉澤在椅子上一副坐立不安的樣子，遲遲沒有起身。

「怎麼了？」

「其實我還有一件事，想和久我前輩說……」

18 日本特有的名詞，指大量興建的集合住宅區。
19 意指長時間待在冷氣房或者大熱天從戶外進入室內（溫差在五度以上）所引發的身體不適。

不知道為什麼，她的表情十分為難。

久我佇立於參道，沐浴在令人頭暈目眩的強光之中，等待倉澤買好糰子。

「妳可真會吃啊。」

「我是在買下午茶，你要不要也來一串？」

「不了。我健康檢查的時候，總是擔心碳水化合物是不是過量。」

淺草寺香爐的煙霧裊裊上升。直到二人踏入境內，倉澤才終於帶出話題。

「久我前輩，你和小橋前輩以前有發生過什麼事嗎？」

小橋克也。比久我小兩屆，幾個月前調到刑事部擔任主任檢事的男人。雖然是有法務官僚經歷的菁英，但在橫濱地檢時期曾職業生涯受挫，從那時開始，便與久我結下不解之緣。

「那傢伙怎麼了嗎？」久我輕蔑地稱呼對方。

「我在本廳有安插個S。」

「僕人（shimobe）的S嗎？」

「間諜（spy）的S啦……呵呵，啊，不行，笑出來了。我有時候會覺得久我前輩的天然呆真的很有魅力。」

「天然呆？這算是誇獎嗎……算了。所以，那位S提供了什麼有關小橋的情報嗎？」

「聽說他開始對久我前輩找碴。」

「找碴？」

「聽說他下令重審久我前輩調來區檢後處理過的案件。S問我是不是也被牽扯進來。我覺得他是想對上面展現自己身為管理者的風範，好晉升成副部長。」

「用部下的失誤自肥嗎？很有那傢伙的風格啊。」

「但是為什麼選擇久我前輩呢？」

久我皺眉，靜靜地仰望著晴空。經過片刻，他輕聲說道：

「是調活費的事吧。」

調查活動費。檢察官所使用的機密費預算名稱。雖然久我不知道如何申請，但他在新手時期，曾聽說負責偵辦激進派內部鬥爭事件的前輩「使用了藏匿證人的費用」。

「久我前輩，你挪用公款了嗎？」

「說什麼傻話……其實我在橫須賀支部的時候，曾經加入法務省對橫濱地檢的調查。」

「原來是這樣，小橋前輩當時正在橫濱呢。所以接受調查的人是誰啊？」

「是……」久我試圖含糊帶過，倉澤用手肘撞了撞他。

「請告訴我，因為我也被牽扯進來了。」

久我一臉嚴肅地陷入沉默，沒過多久，低聲說了一句「真沒辦法」。

「是當時的檢事正[20]。現在是仙台高檢的檢事長。」

倉澤因驚嚇而停下腳步。「是吉野謙三嗎!?」

「對，如果說到特搜的吉檢，可能連你剛才去的那間糰子店的老闆也知道是誰。」

「可能喔。畢竟那人是特搜檢察官的看板人物。」

吉野一路從特搜部[21]副部長、部長到東京次席檢事[22]的晉升過程中，認識不少政治家和財經人士，也時常受到媒體讚揚。

「所以調查的結果如何？」

「先別急著下結論啊。這故事有一個重要的前提：橫濱的繼任者是他有名的勁敵，里原忠夫。」

「哦哦哦——里原前輩也加入戰局了嗎！」

里原如今是東京高檢檢事長。法務檢察官的最高幹部順序依次是：檢事總長、東京高檢檢事長、最高檢次長檢事、法務次官。按照這個定理來看，里原現在是位居第二位。

「里原是公安隊的，擅長打擊犯罪組織。曾在宗教團體散布有毒氣體的事件中擔任

20 擔任地方檢察廳廳長的檢察官。但檢事正僅是職務上管理整個地方檢察廳，官等上仍屬檢事。
21 地方檢察廳的特有部門，目前只有東京、大阪、名古屋三個地方檢察廳擁有該部門。
22 位階僅次於所屬廳廳長（如果是地方檢察廳就是指檢事正）的檢察官。

指揮，擁有不錯的實績。雖然對外都是以警視廳的名義，但聽說重要事項都是里原的決策。」

「是這樣嗎？我在培訓時聽過他的演講，說話方式感覺很悠哉，很難想像他是個非常厲害的檢察官。」

「就是所謂的深藏不露吧，不會四處吹噓功績，也不讓媒體拍照。公安檢事需要與激進組織周旋，如果驕傲自滿地宣告都是他下的指令，可能會被人從背後開槍打死吧。」

「吉野前輩和他相反，很引人注目呢。」

「吉檢明明大他一屆，如今二人的地位已經逆轉了。」

「我知道。有些偏袒特搜的人都在說『只讓吉野前輩任職仙台高檢的位置不是很奇怪嗎？』，這樣的逆轉狀況可能就是橫濱的調活費所導致的。是伙食費和計程車費嗎？」

久我搖頭。「我不知道是不是用途的問題，也不知道法務省有沒有認定違法。」

「里原前輩繼任檢事正的時候，有提出質疑吧？」

「沒錯。」久我認同她是具備敏銳直覺的檢察官的同時，一邊在境內尋找著樹蔭，最後坐在一旁的路緣石上。倉澤也跟著坐在他的身旁。樹木枝葉的縫隙間傳來蟬鳴聲響。

「但是那件事跟小橋前輩與久我前輩有什麼關係？」

「當時小橋獨自祕密調查著貪汙事件。但是一發現調活費的問題之後，里原就把小橋換掉，改由我接手。以小橋的立場來看，手上案子被一個在南方鄉下坐冷板凳的支部檢察官搶走，算是一種恥辱吧。」

「會不會是也涉及到了小橋前輩。他可能和檢事正一起去高級俱樂部揮霍之類的。」倉澤擅自想像。

「我不知道內幕。」久我浮現苦惱的表情。事實上那件事牽連許多人，但他決定只透露有關小橋的部分。「那個男人原本要去的特搜部去不成了。後來調動到札幌，就算後來回到東京了，也是不符合本人期望的公判部。」

「難怪他不惜一切要在刑事部脫穎而出，應該是想東山再起吧。」

「可能吧。」

東京地檢是一個龐大的組織，除了獨立揭發貪汙等罪的特搜部，還區分為刑事部、公安部、交通部、公判部等不同領域。小橋作為刑事部主任檢事，需要監督警方送檢的所有案件，實際權力不小。

這時，倉澤歪頭，滿臉疑惑。「但是，如果要報仇的話，對象應該是吉野前輩或者里原前輩啊，為什麼要汙衊久我前輩呢？是不是找錯人了？」

久我低語：「因為我的地位低下吧。」

「所以，他沒辦法對那些高高在上的人報仇，便直接把矛頭轉向地位低下的人。真差勁……」倉澤像是生氣般起身，然後踢飛腳邊的碎石。

5

回到區檢時，有一位年輕男子似乎在前庭等待著某人似地不停環顧四周。久我看了一會兒才認出對方是墨田署的巡查，有村誠司。第一眼沒有認出來是因為他並沒有穿著制服。

由於他身著套裝，給人的印象稍微有些不同。他沒有繫上領帶，開領襯衫露出大片頸部，西裝外套則是淺抹茶色的，年輕女性大概會質疑他的品味吧；再加上，他一頭俐落短髮，看起來就像是極道電影裡會出現的不良少年。

「有人在那裡。」倉澤浮現出警戒的神情。「最近應該沒有這樣的人解送過來吧？」

她用食指在臉頰上作出劃一道傷痕的手勢。

「那個男人不是來接受訊問的。他不是嫌疑犯。」

「是您認識的人嗎？」

「嗯，他是墨田署的巡查。」

有村注意到久我，便點頭致意。

「你是有村吧？」

「我、我有事想和您商量！」他的聲音因為緊張而有些變調。

「商量？」

「是、是的！」

離開檢察官室的時候是兩個人，如今進來的人有三位。

「你坐那邊吧。」久我指著空出來的事務官座位。有村坐下之後，仍然不安似地四處張望。

倉澤在冰箱前為了忍住笑意抖著肩。她從冰箱裡拿出紙盒包裝的冰咖啡，親切地問：「兩位，要喝嗎？」

久我想起自己尚未介紹他們彼此認識。

「有村，她是我的同事，倉澤檢事。」

「我是倉澤瞳。請多指教。」她展露笑容。

有村慌張起身。「我是墨田署的有村！隸屬於向島派出所！」

「今天沒有值班嗎？」倉澤來回審視有村的打扮。

「有，今天是便衣巡邏。追出課長命令我幫忙搜查。」

派出所巡查協助刑事課外勤時，經常都是以便衣行事。

倉澤明明曾一度認為對方是不良少年，但口中吐出的話卻轉了一百八十度。「這樣啊，西裝很適合你，看起來就像個很厲害的刑警呢。」

年輕巡查似乎坦率地接受了誇獎，流露出害羞的神情。

「有村先生，咖啡習慣怎麼喝呢？」

「啊，不加鮮奶油，謝謝。」

「知道了，不加鮮奶油……啊，不行。鮮奶油用完了。那不加牛奶可以嗎？」

有村有些不知所措，他似乎不知道該怎麼回答，支支吾吾了起來。

「那、那個……沒有鮮奶油，那牛奶……咦？」

「倉澤，不要捉弄他。」久我出聲制止。

「嘿嘿，我是為了排解有村先生的緊張感，所以借用外國電影中的笑話[23]。聽說這是想看人不知所措時所使用的惡作劇。哈哈哈，非常成功啊。」

巡查似乎還沒有理解情況。「所以不加牛奶是？」

「有村，你不用在意。她沒有惡意。我說倉澤，在職場上遇到差不多歲數的人很開心吧？」

「還可以吧。」她吐了舌頭。除了嫌疑犯，很少有二十幾歲的人來訪。

結果有村也沒有笑。與追出的抱怨如出一轍，他是個忠厚老實、常吃悶虧的年輕人。

有村客氣地喝完咖啡，然後恭敬地起身遞出文件。「這是驗屍報告。鑑定結果和久我前輩的看法一致。推測死因是頭部大面積凹陷。」

23 出自一九三九年上映的經典喜劇電影《俄宮豔使》。

久我稍微瀏覽報告中的手寫內容。「已經進行司法解剖了吧？」

「是的，監察醫務院說兩三天後結果就會出爐。」

驗屍官的報告中也有明確指出，該名年輕人——河村友之——所穿的皮鞋上，有一道在地面拖行過的痕跡。

倉澤伸長脖子，瞥了一眼報告。「是之前那件還無法判別自殺或他殺的案件吧。高架橋上沒有指紋嗎？如果是自己跳下來的，手一定會放在欄杆上吧。」

「面向道路的不是金屬欄杆而是水泥矮牆，所以沒有採集到指紋。」

「通往高架橋的外樓梯也沒有腳印嗎？」

「完全沒有。應該是被昨晚的雨洗掉了。」

「鑑識毫無收穫嗎？」

「是的，而且也還沒聯繫到他的家屬或職場。我也被下令尋找有無遺書。」

「你今天的行程是什麼？」久我詢問。

「下午預定去河村先生的工作地點。另外，我查到他有一個哥哥，所以打算先獲得他的批准，讓我搜索河村的公寓。」

「如果能找到遺書就好了呀……不對，問題不出在那。」倉澤察覺失言，便用手握拳輕敲自己的頭。

「話說，你來這裡前，去過什麼地方嗎？」

「我去了一趟墨田署防犯協會會長那裡。」

「果然啊。」久我低語。地區防犯協會是竊盜偵查時有力的情報來源地。「是追出要你先過去的吧？」

「是的，要我一大早就先過去。」

「防犯協會是什麼？」

「會長是經營當鋪的。」

「哦哦，原來如此。畢竟河村先生戴著看起來很貴的手錶。」

有村翻開筆記本。「由於西裝和鞋子都是量產物，如果拿去典當，加起來也不會超過三千圓。」

原來不是高級布料。「看來沒辦法依靠追出的眼力啊。那麼手錶呢？」

「重點來了。只有手錶就像追出課長所言，是高級貨。」有村說完開場白，便慎重地讀出筆記內容。「我看看，那是瑞士錶，品牌百年靈的人氣型號，大約價值五、六十萬圓。」

「哇，這麼貴。」倉澤不禁提高音量。「明顯很可疑呢。那個人是住在公寓吧？」

久我把視線移到驗屍報告中檢附的遺體照片上。照片中的遺體已變更為仰躺狀態。這個名為河村友之的年輕人，擁有一副就算說他是模特兒也能令人信服的美麗臉龐。

6

無論如何鑽進巷弄，午後刺眼的太陽依舊緊追不捨。有村騎著腳踏車往日暮里前進。目的是造訪河村友之任職的汽車經銷商。

當他騎上國道[24]時，發現後背包的背帶正逐漸鬆脫。於是停下腳踏車，把手伸到肩上調整背帶長度，頓時感到汗如雨下，而那汗水就像是跑到外野的守備位置等待打者擊球時一樣。

他的腦海中突然浮現出，高中時期一起待在棒球社的下園俊之的臉。新年回到故鄉鹿兒島的小鎮聚會時，他單手拿著燒酒杯說過：「我無法原諒檢察官。比起那些檢察官，警察可恭敬得多了。」

下園有選舉舞弊的前科。根據通報，他為了從療養院的老人們那裡替現任鎮長拉票，試圖賄賂院長。最後和裝有五萬圓現金的信封一起遭到警察拘捕。

「為什麼不能原諒檢察官？」

「他們連『我們為什麼要替鎮長做到這種地步』都沒有問，看完筆錄後，只問一句

24 日本的國道統稱所有國家建設、管理的道路，並不單指「高速公路」。

『供述是否屬實』就結束了。對於國民為什麼會有選舉舞弊的行為絲毫不感興趣。自營業者如果不看鎮公所的臉色根本活不下去。我明明只是想談論這件事而已。」

下園的老家在縣道旁經營道路休息站，還雇用了好幾名工作人員。他的老家原本是開營造公司的，但拿了鎮上的補助金之後，便轉換業務。

「刑警的態度不一樣嗎？」

「他們很同情我！」

「刑警對你好，不就是為了讓你認罪嗎？」

「或許是那樣。但我就是不爽檢察官的態度。交談十分鐘就結束。說什麼執行略式命令[25]，竟然要罰金二十萬。」

「什麼啊，原來是金錢仇恨。」

雖然有村很想詢問，二十萬圓相當於幾根道路休息站裡販賣的櫻島蘿蔔[26]，但下園似乎越來越不耐煩，因此他只好把問題放在心中。

「總之檢察官都是機器人啦。就是個和高速公路收費站差不多的工作。」

當他再次坐上腳踏車，把腳踩在踏板上時，感覺又聽見了下園的聲音。

25 簡易裁判所根據略式起訴作出的判決。
26 日本特有的蘿蔔品種，為鹿兒島縣櫻島的特產，也是世界上最大的蘿蔔品種。

「還有一個人我沒辦法原諒，就是大頭。」

那是棒球社教練的綽號。有傳聞說他任職體育老師時，曾經對學生使用頭槌，差點因此被開除，所以後來便被大家這麼稱呼。「他當初說『如果打進四強，保證會有大學球探來挖角』，結果比賽結束之後，就裝作沒這回事。」

「可是他也沒說謊啊，因為我們打到八強就輸了。」

「你不知道你被大頭利用了嗎？他根本就是迫不及待想被強校挖角去當教練。」

「是這樣嗎？」

「哇——你真是大好人。你擔任隊長、製作練習菜單、約束偷懶的傢伙，最後得到什麼？大學選拔落選了幾間？」

「接受三間測驗，全都沒有下文。」

有村挺進東明大學的最終測驗，也參加了給體育會系[27]學生的筆試，但沒有收到及格通知。

「鹿兒島的外野手中，你是跑最快的吧。」

「不只跑最快，我的打擊也很好。」

27　原為求學時期社團的一種分類，後引申為此類社團成員的典型性格特質之統稱。通常指稱的特質有：擅長運動、外向開朗、重視團隊氛圍，強調毅力與恆心的重要性，以及絕對的學長學弟制。

「哦，我覺得你厲害的是補位。我才剛接到球準備投出去的時候，你就已經在一壘了，讓我可以放心投球。」

當時有村是右外野手，下園是三壘手。擔任右外野手辛苦的是，每當內野手傳球時，都必須衝刺接球。有村很開心下園能夠明白這點。

有村也懷念起自己剛進警視廳時的日子。

在進入派出所之前，有村隸屬機動隊[28]，雖然成為負責應對人質劫持、恐怖襲擊的特種部隊ＳＡＴ的候補人員，但最後還是被刷掉了。最近在巡查部長的考試中，雖通過初試的學科測驗，但是複試的口試之後，升任候補名單中也沒有他的名字。如果再算上大學棒球的選拔，就是三次打席連續三振。

他也向下園傾訴煩惱。

「我爸媽都叫我回來鹿兒島。」

「繼承家族的農場事業嗎？」

「因為我哥一直遊手好閒，根本沒有認真工作。」

「我只聽說他開居酒屋失敗，之後就無所事事了嗎？」

「對啊。還沒還清債務，聽說在外面過著吃軟飯的生活。」

28 機動隊隸屬警備部，具有團體規模的警備力與機動力，是警備保安的核心，肩負守護治安秩序與災害安全等任務。

「畢竟你哥長得帥，以前在鎮上就很受歡迎了。」

有村在心裡暗罵：「那個混帳！」

7

「他居然能在這種大熱天騎著腳踏車出門。」倉澤站在窗邊，目送騎著腳踏車離去的有村。

「他有一身健壯的肌肉，是很可靠的男人吧。聽說以前還是機動隊的。」

「你還真了解他啊。」

「其實今天早上追出有約我去車站前喝茶。」

久我坦言，並說出他與追出的談話內容。

對愛吃辣的人來說，太甜的豆漿拿鐵可能不合口味，追出把拿鐵端到嘴邊淺嚐後，開口說：「久我啊，可以麻煩你照顧一下有村嗎？」

「就是昨天那位年輕人吧。」

「是的，那傢伙無論做什麼都沒有運氣。老實說，我想給他一個機會。」

「機會？」

「他現在二十八歲。雖然志願是當刑警，但他也差不多該決定，是否要朝著目標前進，還是就這樣繼續待在地域課處理派出所業務了。」

「那需要我怎麼幫？」

「偵辦那起高架橋事件。不管結果是自殺還是他殺，只要確定事實，我就能以這點舉薦他……但是就如你所知，我只知道怎麼抓小偷，對死亡或暴力事件一竅不通。而小組長還在欺騙自己，所以我想是不是可以拜託你。」

追出提起距今約一年前的夏天，發生一起轟動社會的案件。位於銀座的某間珠寶銀樓的老闆遭到蒙面歹徒搶劫，把他剛從銀行領出來的五億圓現金搶走。這起事件久我也印象深刻。歹徒疑似拿出手槍，當老闆交出三個行李箱後立刻搭車逃逸，至今尚未落網。久我聽完後詢問：「這件事跟有村有什麼關係？」

「大有關係。」追出身體前傾後，繼續說，「歹徒的車是一輛多功能休旅車……也就是ＳＵＶ，他們沿著往墨田的主幹道一路向北前進。於是，有兩名執行派出所勤務的巡查趕去支援。他們根據逃跑路徑，收集每一棟大樓和商店的防盜監視器影像。」

「其中一人就是有村吧。」

「沒錯，但是有村抽到了銘謝惠顧。」

聽說另一個巡查拿到的影像中有拍到逃逸車輛。只差一條街，就會變成是有村的功勞——根據追出解釋，有村沒有通過巡查部長測驗，而另一個人通過的原因就是，有村的勤務評估分數沒有上升。

「這終究只是我的觀點，不過，通過考試的是擅長找門路還會偷懶的人，而不及格的是就算笨拙也絕對不會偷懶的人……所謂運氣這種東西，或許討厭憨直又腳踏實地的人吧。」

倉澤把食指放在下巴，似乎想到了什麼。「嗯，巡查部長測驗確實是一道難關呢。對於立志成為刑警的年輕警察來說。」

「對啊。是不是能成為司法警察職員[29]，對於工作能觸碰到的範圍有很大的不同。」

聲請令狀[30]或製作筆錄的司法警察職員，規定只能是巡查部長以上的階級。

「追出可能是看出做事憨直的有村，擁有當刑警的資質，卻又覺得他的前途堪憂而感到惋惜吧。」久我說。

「真是有同情心耶。」

「話說，他好像在他長期接觸的一群小偷中，也相當有人氣。聽說那些沒飯吃而想

---

29 依據《日本刑事訴訟法》規定，可執行搜查活動的職員資格。業種上，可分為一般司法警察職員（即警察）與特殊司法警察職員（如自衛隊、海上保安官等）；職等上，則可分為司法警察員與司法巡查，巡查部長以下的職位，屬於司法巡查。也就是說，只要沒考上巡查部長，權限就會限縮很多。

30 令狀指的是「書面文書」，例如：「押票」或刑事訴訟上搜索時所需出具的「搜索票」。

回到監獄的人，都會去墨田署找追出自首。」

「好厲害，好像是什麼電視劇裡會出現的傳說刑警。不過，這話是不是應該信一半就好呢？」

「我也是這麼想。」

「這到底是從那裡聽來的？」

「是本人說的喔。」

「我想也是。」

8

有村在日暮車站前的商店街找到此行目標的公司。河村友之工作的地點是一間名為WATASE CARGO的中古車經銷商。有村首先感到驚訝的是，原本想像著會有好幾部汽車並列的景象，實際上卻只有一間狹小的辦公室。

有村進門之後，有個戴著眼鏡、看起來五十歲上下的男子從裡面的桌子探頭張望。他闔上手中的資料，注視的眼神像是鑑定著來訪客人。他不斷眨眼，似乎是因為眼鏡的度數不太合適。

「我是墨田署的警察，叫做有村。請問社長在嗎？」

「我就是。您是來談河村的事吧？」

社長的名字是渡瀨勝美。有村遞出名片，上面有顯眼的「派出所巡查」字樣。「您不是刑警嗎？」

「是的，只是在刑事課幫忙而已。」

有村覺得渡瀨得知自己不是刑警後似乎鬆了一口氣。

「我聽說河村先生是這裡的業務。」

「沒錯。如您所見，這裡只是間小公司。算上河村，職員只有三個人。」

「你們的商品都在哪裡呢？」

「在群馬的藤岡。那是我父親的出生地。他把農地變更為建地，然後蓋了一間維修廠，那裡有兩位技工。」

「維修廠？」

「這麼說好像會覺得我們從事什麼了不起的買賣，但那裡大概也只有五臺中古貨車。」

「這裡是專賣貨車的經銷商吧。」

「這是我父親創立的公司。以前叫做渡瀨貨物，但三年前更改成片假名拼音。友之說這樣比較能吸引顧客。」

「河村先生的主要工作是什麼呢？」

「主要負責採購。即使是像我們這樣的規模，物流管理做得好，就會一直有來自各大運輸公司的中古商品。所以我們的買賣也一直都很順利。」

「河村先生最近有什麼不尋常的地方嗎？」

「您是問有沒有自殺的徵兆嗎？」

「是的。」

「我想不到有什麼奇怪的地方。他在事故發生當日，也是跟平常一樣，打完招呼便出門了。」

「那麼他有遇上什麼麻煩嗎？」

「我不知道。我接到他的死亡消息時非常震驚。昨晚也睡不好。」

渡瀨取下眼鏡，看似難過地用手指擦拭眼角。

這時有村變更調查的方向。「河村先生從以前就過得很奢侈嗎？」

「奢侈……？您是說友之嗎？」渡瀨不解。

「他不是奢侈的人嗎？」有村重新詢問。

「啊，應該是臉的關係吧。因為他長得好看。在喝酒的地方常常被誤認成是公關。但是他的生活應該很節儉喔。因為我們付不起能讓人過奢侈生活的薪水。」

如此一來，手錶又是怎麼回事？有村滿腦子都是疑惑。

「那麼還有誰私底下和他比較熟嗎？」

「私底下嗎……」渡瀨低語時，雙手交叉。

「比我更清楚的，應該就是我哥了。」

「社長的哥哥嗎？」

「是的，那裡有張照片吧？我哥經營拳擊訓練中心。」渡瀨的視線停留在一張老舊照片上，照片中的男人戴著手套，站在專業拳擊場上。

「我哥的名字是省造。友之最初是訓練中心的會員，是我哥介紹他來的。因為他原本工作的服裝公司倒閉了。」

「河村先生的志向是職業拳擊手嗎？」

「不不不，他不太擅長，只是打興趣的而已。雖說如此，但他的能力還是多少有進步，有時還會當其他會員的陪練。只不過對手全都是女性。」

「女性？」

「我哥的訓練中心不是培育職業選手的地方，而是普通人鍛鍊身體的地方。就是學學防身術之類的。」

「能否給我你哥的聯繫方式呢？」

「那個，有點……」

「有什麼問題嗎？」

「省造年輕的時候有混過一段時間，也發生過一些事，所以非常討厭警察。」

有村苦笑說：「不用擔心，我習慣那樣的人了。我哥也一樣，他都叫我條子。」

「報、報告，我……我回來了！」

當久我聽見有村發出第一聲的瞬間，立刻想到有代替鎮靜劑的冰咖啡。「你很渴了吧？那個冰箱裡的飲料隨便你喝。」

「謝、謝謝……」

他看了倉澤一眼，臉色瞬間變紅。應該是意識到倉澤的女性身分吧。有村站在冰箱前背對二人，久我給了倉澤一記意義深遠的眼神，但她選擇無視。

有村一邊困惑地看著飄散微妙氛圍的兩位檢察官，一邊開始報告調查結果。報告完畢後，倉澤說出自己的感想：「所以說，河村友之沒有自殺傾向，也沒有和人發生糾紛……而且也沒有過著我們所推測的奢侈生活。」

有村點頭。「最了解他的人是WATASE CARGO社長的哥哥，渡瀨省造。我回到署裡查了一下數據庫，發現他年輕時有過前科。」

「什麼樣的？」

「判緩刑的傷害案件。好像是在酒館毆打惹事的客人。」

「真是粗暴的男人啊。」

「是啊，不過對方是暴力集團的成員。省造會被判緩刑，是因為那些客人平常就會騷擾店家，所以店長簽署了請願書要求減刑。雖然他剃光頭的造型看起來很可怕，但交談後會發現為人敦厚，而且他對河村小時候的事也很了解。」

根據省造所說，河村九歲時，因為一場交通事故失去雙親。照顧他的人是大他七歲的哥哥，高中休學後就一邊在理髮店工作一邊養育弟弟。有村看著手邊的筆記繼續說：「友之畢業於設計專門學校。學費也是哥哥替他出的，但一直找不到設計相關工作，便到服裝店當店員。然而公司卻倒閉了，於是在省造的介紹下，就去省造弟弟勝美的公司上班。」

「真是辛苦啊。」

「聽說友之會在訓練中心免費幫忙擦拭手套。在公司也都是充滿活力、熱情地工作。應該算是對渡瀨兄弟報恩吧。他沒有因為帥氣外表而自命清高，周圍的人都很喜歡他。」

「但是……等一下。」久我冷靜地說。「友之的哥哥在雙親去世時，也不過是十五、六歲的少年吧。依據《兒童福利法》應該不會把監護權給那個年齡的人吧？」

只見有村畏怯，似乎沒辦法回答久我的疑問，倉澤又提出別的問題：「省造這個人，也有點奇怪吧？他應該是觀察到有村是個好人，所以用打溫情牌來掩蓋事實……」

有村一臉苦惱。「我有時候確實太相信別人了。」

倉澤看見有村的狀態後說：「啊，對不起，我不是批評你……話說回來，我看見友之的出生日期，發現他和我同年。」

「其實……我也是。」有村謹慎地坦白道。

「咦！是嗎？」倉澤驚訝地瞪圓了眼。在她眼中，這個畏怯的巡查可能看起來比自己的年紀還要小。

「有從那隻手錶上查出什麼嗎？」久我問。

有村搖搖頭。「沒有人知道。只不過我試著調查他的交友情形，得知他有一個交往對象。也許他的女友知道。」

「女友？」

「是的，就是這位女性。」有村出示筆記本中的內容。

武藤結花　東京都練馬區……

「她是訓練中心的會員，目前在日本橋的公司上班。因為女生家境優渥，省造好像很擔心在貧困中成長的友之配不上她。」

「對了，有村，你今天不是和在理髮店工作的友之哥哥約好，要一起去友之的公寓嗎？」

「那個行程取消了。因為他早上跑了一趟監察醫務院[31]，確認弟弟身分。我後來打過去的電話他都沒有回覆，所以我打算回家時，順道去店裡看一下情況。」

31　位於東京都的行政解剖機構，專門處理發生在東京內，所有非自然死亡的遺體之屍檢與解剖。

「有六成的殺人犯是被害者的親屬。你要注意安全喔。」久我如此說完，倉澤立刻瞪他一眼。

「你剛才說什麼？」

久我心想可能失言了。

「有村，請忘掉他剛剛說的。就是有像久我前輩這樣抱持偏見的人，才會讓受害者的遺族即使身處悲痛之中，還要遭受懷疑，那真的非常傷人。我們正在做的事一旦出差錯，也等同於犯罪。」倉澤氣勢高漲，步步逼近稍後還有會面行程的巡查。

此時，久我桌上的座機電話好像要替尷尬的檢察官解圍似地鈴鈴作響。來電的不是刑事部，而是本廳內線的某個未知號碼。久我拿起話筒，傳來一道低沉的男聲：「是久我嗎？」

9

久我按下自家的對講機時，時鐘剛好走到七點的位置。菜穗難得這個時間在家。她一邊吃著咖哩飯，一邊笑著滑手機，完全沒把疲憊回到家的父親放在眼裡。

「今天不用去預備校嗎？」

「放假。」

回答驚人地短。

「但是隔壁的光司拿著書包出門了喔。」多香子擔心地詢問。

「光司有考試。那是自由參加的。」

她回答母親的態度倒是極為平常。

「妳不參加也沒關係嗎？」

菜穗在桌上托腮，然後放空似地看著父親。每當這種時候，她都會開始間接問話。

「媽，最高裁（最高裁判所）的調查官是什麼？」

「妳問妳爸啊。」

久我給出早已準備好的答案：「輔佐最高裁判的工作。會從年輕的法官當中挑選出優秀的人才，而歷代的最高裁長官幾乎都有這段經驗。」

「原來是這樣，我知道了。那光司的未來真是倍感壓力。隔壁家的爸爸好像當過最高裁調查官。」

「也就是說，光司的父親是長官候補人選？」多香子非常驚訝。

「他的爸爸媽媽好像都是日辯聯[32]裡的高層。」

32 日本律師聯合會（日本的律師寫作「辯護士」），根據日本《律師法》而設立的法人。日本所有律師和律師法人都必須加入日辯聯才可執業。

「就是司法世家啊……」久我喃喃自語著，而女兒菜穗完全無視他，然後對著母親說：

「光司好可憐。他其實想讀工程學部。但是說不出口，很苦惱。」

「我們家也需要家庭會議啊。菜穗，你想讀法學部嗎？」

「討厭，媽，妳跟他說了？」

多香子訓斥道：「這不是當然的嗎！也不想想是誰辛苦工作幫妳出學費的。」

菜穗板著臉吃完咖哩，然後把空盤拿到水槽，說了一句「先離澡」[33]後，就回到自己的房間。

久我感到惱火。「那什麼態度……還有『先離澡』是什麼？」

「好像是結束ＬＩＮＥ聊天時使用的詞。先離開去洗澡……的省略語。」

「也就是從家庭會議上『先離澡』嗎？」

「對，不想開家庭會議的意思。」

「為什麼？」

「不曉得她的叛逆期是不是現在才來？那個孩子似乎成長得比別人慢。嗯，但是畢

33　原文是フロリダ（HURORIDA），取自「風呂（HURO）に入るから離脱（RIDATSU）する」，是先離開去洗澡的簡稱。因中文發音完全不同，亦無類似的使用方法，故此處直接略稱「先離開去洗澡」為「先離澡」。

竟……」多香子閉上嘴巴，表情變得有些陰沉。

沉默的氛圍瀰漫一會兒，久我詢問：「畢竟什麼啊？」

「她可能覺得你說家人重要，卻沒聽你說過其他家人的事。剛才在說光司家的事，也是因為對你的老家感到好奇吧？」

「我知道，我會考慮的。」久我板著臉說。

此時多香子的表情產生變化。「啊，對了，那個孩子好像看到一些奇怪的人喔。她說晚上似乎有人躲在這裡的腳踏車停放區站著聊天。」

久我直覺回應：「應該是記者守夜吧？」

除非是擔任幹部的檢察官，否則禁止與媒體接觸。所以記者與一般檢察官會面時必須隱密接觸。只不過久我想不到同一棟宿舍中的哪個檢察官會想接受採訪。

久我突然想起特搜部，開始在意明天的事。久我安靜地走到正在洗碗的妻子身旁。

「特搜部長要我明天一大早去找他。他叫做福地，說想見我一面。」

「咦，那又是為什麼？」多香子露出了既驚訝又擔憂的神情。她想起丈夫從前的灰心喪氣。在小倉支部時，雖然福岡的檢事正曾內定久我轉任到東京特搜部，但是到了赴任之際卻說一筆勾銷。後來的任職地雖然也是東京地檢，但卻是刑事部的區檢分室。

「不可能事到如今要你去吧。」

久我搖搖頭。「我不知道。但是部長本人打電話給我，好像是有什麼話要說。」

「這個福地，不就是當時那個……原來還沒換部長。」多香子似乎對法務檢察的人事安排表達了不滿。

「我覺得不是要我去特搜部……」雖然久我嘴上不承認，但心中還是湧現些許期待。或許是擔心丈夫的心情，多香子恢復以往率直的口氣。「這樣啊……要和厲害的高層見面的話，必須繫上領帶呢。我幫你熨一熨吧。」

10

鬧鐘響起尖銳的電子噪音。有村像是帶著恨意一樣，粗暴地按掉鬧鐘。一邊揉著惺忪的睡眼，一邊走進浴室洗臉。儘管如此，沉重的眼皮依舊沒有變化。

時間剛過凌晨四點。當他踩著單身宿舍的樓梯往下跑時，同樣在墨田署的某間派出所工作的前輩走了上來。應該是剛下班，看起來睡眠不足並且臉色蒼白。雖然想不起是哪一間派出所的哪位前輩，但對方知道自己。

「哦，這不是有村嗎。最近都在當便衣巡查啊？」

他的意思是身為巡查卻換上便衣模仿刑警嗎？

「只是打雜而已啦。」

「你在調查東成線的墜落案件吧？那不是自殺嗎？」

「還沒，啊不是，那個……」

「這樣啊，畢竟是刑事課的工作，可不能說漏嘴了呢。」

他的口氣帶著羨慕和反感。說了句感受不到心意的「加油喔」，就懶洋洋地走上樓。

心愛的運動腳踏車雖然是署裡遺失物競拍時賣剩的，才花了他五千圓購買，但性能沒有問題。在空曠的車道上越踩越能感受到速度。東京的黎明和故鄉小鎮的差異在於，沒有雞鳴聲以及朝陽照耀都市的街景。

有村沿著隅田川前行一會兒，然後把腳踏車停在順著人行道設置的運動公園，跑到目標的單槓前。他跳起來抓住單槓，開始引體向上運動；這項運動的訣竅是，不只需要依靠手臂力量，也需要用到腹部的力量。他就像躍出水面的鯉魚一樣反覆動作，完成二十次的引體向上；當他把上半身撐在單槓上時，就能看見隅田川遠方的水流。他突然想起機動隊時期，自己在穿制服長距離游泳中，從未輸給任何人的事。

便衣巡查的日子應該不會持續太久。時間相當有限。有村往前方用力擺動下半身，從單槓上跳下來，確認刺痛的掌心沒有起水泡後，便拍了拍雙頰提振精神。

河村友之的公寓位在距離公司辦公室不遠的小巷子，砂漿抹面的牆像被熏過一樣漆黑，看起來就是便宜公寓。怎麼想都不像是擁有價值六十萬手錶的人會住的地方。

有村昨晚與友之的哥哥和也短暫交談。他經營的理髮店距離區檢不到十分鐘的腳踏車車程，位於五金行林立的合羽橋商店街。他登門造訪時，紅白藍的三色旋轉燈並沒有旋轉。

他按下門鈴，和也蒼白的臉從門後浮現。有村告知身分，並且小聲詢問：「有關您弟弟的事……」

和也眼窩凹陷，眼白充斥血絲。有村遵循倉澤所言，不抱持偏見，但是應該受到關懷的遺族卻飄散著一股莫名可疑的氛圍。

「您能否允許我調查友之的房間呢？」

「你要找遺書吧？」

「是的。」

「我知道了。請你妥善對待遺物。」和也移開視線，鞠躬完就把門關上。

有村把昨天向房東借來的公寓鑰匙插進鑰匙孔。即使是備用鑰匙也能順利轉動。房間裡有股淡淡的男性化妝品的味道。有村從後背包拿出乳膠袋，套住兩隻腳，當然也謹慎地戴上手套。首先拍攝房間各個角落的照片。家具保持最低限度的數量，沒有特別之處。但是發出黯淡銀光的杜拉鋁[34]製箱型公事包不容抗拒地吸引了有村的目光。

是不是友之完成銷售之後沒有回到公司，而是暫時回來房間了呢？有村打開箱子，裡面有一疊信封，似乎是交貨單和汽車稅說明書之類的東西。有村把文件攤在地上，逐

34　又稱硬鋁，是最早的硬化鋁合金，主要合金元素有銅、錳及鎂。飛機上常用的合金。

一拍照留存。最後，當他把文件收回箱子裡時，發現到內側的收納空間有些膨脹。

有村把東西取出來一看，是一支掛在迷你拳擊手套鑰匙圈上的鑰匙。手套只有單手，感覺有些奇怪，但他像是突然想到了什麼，起身返回玄關，試著把鑰匙插入鑰匙孔。下一秒，裡面的鎖芯轉動了。

「為什麼房間的鑰匙會在這裡……」有村喃喃自語，備感困惑。來這裡的時候，玄關門確實是上鎖的狀態。

那麼是誰關的呢？他和持有備用鑰匙的某人一起外出了嗎？

第二章　人事案

1

走廊兩側是並排的特搜檢察官個人辦公室。就在久我不停地東張西望時，一位看似事務官的女性路過，向他搭話：「請問有什麼事嗎？」

久我表明受到部長邀請時，對方請他從九樓移步到十樓。而久我之所以毫不猶豫來到九樓，是因為聽說這裡曾一度準備好久我的辦公室與座位。

走上樓之後立刻能看見福地浩介的部長室。

特搜部的老大彎著身軀坐在桌前閱覽文件。「哦，是久我嗎？」他察覺到訪客，立刻快步上前迎接，示意久我坐到沙發上。「有件事讓我意外地想起你。我覺得有事拜託的話，應該直接跟你說才對。」

「您是說要拜託我幫忙？」

一開始就知道不是內定調動，立刻可以感受到辦公室的氛圍變得索然無味。

「等一下，我想先和你談談兩年前的事。」福地皺眉，然後俯視窗外日比谷公園的綠樹，嘆了一口氣。「其實久我你的人事異動會取消，是因為吉野謙三在人事案看見你的名字後表示不贊同。雖然聽起來很像藉口，但那絕非我的本意。」

啊啊，原來是這麼一回事嗎……久我在心底發了牢騷。他眼眸低垂，在膝蓋上緊握拳頭。換句話說，吉野知曉自己和有調活費爭議的小橋之間有過節，所以才駁回調動。

「畢竟他就像是特搜檢察的老大啊。」

「但是，為什麼？他討厭我的理由是什麼？」

久我沒有說出腦中設想的理由，而是提出疑問。但是得到一個稍微偏離調活費問題的回答。

「因為你是里原……吉檢勁敵的門生。另外，可能也有部分是因為春姐的推薦，雖然她在特搜也很有名，但總歸還是里原的弟子。」

春姐是指改行成為法人律師事務所[1]理事長的常磐春子。特搜部第一位女性檢察官，前福岡地檢檢事正。久我想起曾經和她一起喝酒，當時接過酒杯時，她還拍拍他的背鼓勵他：「我向特搜部推薦你了。抬頭挺胸去東京吧。」

「里原門生」這個稱呼讓久我目瞪口呆。原來自己對下一任總長來說，是與常磐春

1　一般律師事務所是以律師個人身分行使法律行為，而法人律師事務所則可以公司的名義行使，不會因公司內的人事變動而受影響，更具持續穩定性。目前此制度在臺灣還不被允許，但美國、法國、德國與日本等都已經行之有年。

子並列的可愛弟子？他只與里原來往過一次，就是收到命令，接手小橋當時正在處理的貪汙事件時，與里原交談了大約五分鐘。

雖然驚訝到想離席，但他還是決定明確地澄清這個誤會。「我不是什麼門生。而且就我所知，里原先生並沒有創建什麼派系。」

「哦——說得不錯嘛。按照你的推論，原來根本不存在什麼里原派啊。」福地一臉不開心地說。

福地似乎不相信久我的說詞；然而在檢察廳內部的權力平衡開始產生轉變的時期，吉野派幹部很明顯無法接受里原就任總長之位。與此同時，這位老是坐冷板凳的檢察官，發現自己竟在這場檢察官的權力鬥爭中遭人議論紛紛，讓他感覺十分不對勁。真是太愚蠢了。

「總之發生了這些事之後，最後代替你來的便是田中博。是個很熟悉企業財務的人才呢。」

「我知道他的評價。是個擁有註冊會計師資格的檢察官了。」

「是啊，他如預期一樣很認真工作。」

「在我看來，真是望塵莫及的優秀檢察官。」

「不不，你謙虛了。我很清楚你的實績。儘管你長期在不起眼的地方支部任職，但你可是堪稱『挖掘機』的少見人才呢。」

警察逼迫嫌犯認罪時，常會使用「攻陷」這個詞來描述，而檢察官則是使用「挖掘」一詞。福地繼續說：

「春姐很喜歡你這臺挖掘機啊。不過你卻沒有被錄取，這讓她很生氣呢。在這之後，她的心情還好嗎？」

「我來東京之後，還沒見過常磐小姐。」

「真的？」

「對，我沒必要說謊。」

福地驚訝地凝視著久我。但他沒有進一步詢問，而是深吸一口氣之後切入主題。「那來談談要拜託你的事吧。我希望這件事只有我們知道就好。我想要借用區檢的審訊室偵訊某個名人。」

「所以是一個有名到不能驚動本廳的大人物？」

「對，沒錯。在自願偵訊[2]階段鬧上新聞媒體的話，案件的調查計畫可能會告吹。」

「從什麼時候開始？」

「明天開始。」

「我知道了。」

2　受偵訊者在自願配合的情況下，接受警方訊問。

「感謝你爽快答應。我們實在是需要隱密的地點。」

「您如此有禮地傳達指令，還真是令在下惶恐。」

「好了，不用那麼畢恭畢敬。」

交談結束後，久我起身，而福地拍了拍這位每天都要前往「不起眼地點」工作的檢察官肩膀。

久我在內心拚命壓抑住受辱的表情。

久我走在淺草寺的參道上，離開本廳後內心仍不斷蕩漾的漣漪稍稍平靜了下來。但是一想到回家後該如何向多香子說明，就覺得很鬱悶。

「又失敗了。」久我想像自己說出這句臺詞。

他心不在焉地走著，不知不覺回到了區檢，從明天開始這裡就會成為明星檢察官的工作地點。樓梯才爬到一半，不知道為什麼就傳來倉澤恣意大笑的聲音。

「怎麼啦？笑得那麼誇張，這裡可不是演藝廳喔。」久我進入辦公室時出聲提醒。

「因為，他的話很好笑啊。」

有村來訪。久我和他對上眼後，困惑地點頭致意。

「久我前輩，還記得我們昨天吃午餐時，提到的白熊刨冰嗎？」

「鹿兒島的那個刨冰吧？」

「有村說他就是在鹿兒島出生的。高中時是棒球部的隊長，嘻嘻嘻……」倉澤為了忍住笑意而沒有繼續往下說。

「請不要再說了。久我檢事看起來很為難。」

「說什麼呢？別看前輩這樣，他其實是搞笑藝人。」

「不要隨便變更我的職業。」

「哦，這個吐槽很新鮮。果然不是只會裝傻。」

「所以到底哪裡好笑？」

「想知道嗎？」

「嗯，想知道。」久我無意間順勢回答了。

「他說有人為了對抗白熊，推出一款黑熊刨冰。」

「黑熊？」久我的嘴角也不自覺上揚。

「是很照顧我們棒球部的咖啡廳的招牌餐點。」

「白熊是淋上煉乳吧？那黑熊是什麼？啊，因為是南方……」

倉澤打斷久我：「不是黑糖喔。不要有那種大叔想法。聽說是咖啡糖漿，有點時尚的感覺。」

「喔，原來如此。」

「總覺得去鄉下可以發現很多樂趣。」倉澤的音調中充滿了期待。大約再過半年，她就能脫離久我的指導，被分配至東京以外的地檢。

「好了，《日本妙國民》[3]到此為止。有村，你有事要報告吧？」

巡查恢復嚴肅的神情，重重地點頭。「我在河村友之的業務文件中發現一筆可疑的交易。WATASE CARGO 這間公司，果然有什麼祕密。」

2

有村借用倉澤的電腦開始說明。畫面上呈現的照片是從河村的公事包裡發現的文件。

「請看這些照片。這是向橫濱海關提出的申報文件。」根據記載內容可以得知，這輛中古賓士車從新加坡海運到橫濱港卸貨的過程。

「這輛賓士的車型我已經調查過了，是一臺四門轎車。」

「真奇怪啊。WATASE CARGO 應該是專門從事貨運的公司吧？」

「是進口銷售。我看看交易金額——含消費稅大約是七百六十萬圓。」

「很貴嗎？我不太懂車的價格。」

3 又譯《妙國民糾察隊》（秘密のケンミンＳＨＯＷ／ひみつのケンミンショー），是一檔日本長壽的綜藝節目，內容介紹日本各地區不同的祕密風俗習慣，每集會邀請不同地區出身的來賓參與爆料。

「剛才我在網路上查了一下，賣得比其他業者高出兩成。」
「是私人名義購買嗎？」
「不，是法人。一間叫做 AUDIENCE 的股份有限公司，公司代表是河村友之。」
「什麼⁉把車賣給自己嗎？」
「嗯，看上去是這樣。非常詭異呢。」
「總覺得事情的發展越來越可疑。這個河村友之不是在困苦環境中成長、認真工作的年輕人嗎？」
久我繼續說：「如此一來，友之是否為好人就變得更加模糊了。看來對他讚譽不絕的渡瀨兄弟似乎隱瞞了什麼。業務員進口外國汽車再高價轉賣給自己，這實在太可疑了。」
倉澤搶先講述觀察結果：「要說這筆可疑的交易隱瞞了什麼……會不會是走私毒品？藏在車體某處走私之類的。然後那間叫 AUDIENCE 的公司用高價收購，是為了減低 WATASE CARGO 的佣金……」
久我又多問一句：「你們不覺得公司叫做 AUDIENCE 很奇怪嗎？」
「真的很怪。翻成日語是『觀眾』的意思。話說回來，有一部叫做《The Audience》的劇情片，描寫女王伊莉莎白二世……算了，這好像沒關聯。」
有村詢問：「倉澤檢事喜歡電影嗎？」

「嗯，很像大叔嗎？」

「沒有啦，所以妳對劇中的臺詞很熟悉呢。」

「難道你還惦記著我捉弄你的事？」

「沒有。」有村搖頭苦笑。

「太好了。順便說一下，我喜歡西洋和國產的老電影。這些電影裡有很多打動人心的好臺詞。」

「喂，那些事去咖啡廳聊。」久我面有難色，出聲制止無意義的交談。

倉澤吐了吐舌頭，重新面向電腦。她連上法人登記的資料庫，搜尋名為AUDIENCE的公司，轉眼間就出現相關資訊，業務簡介的欄位中顯示「餐飲業」。河村在大約一年前成為代表董事，從資本變更的紀錄可以得知他已經收購了這家公司。

「餐飲業啊，有點意外。網路上也搜尋不到相關資訊，不實地調查就沒辦法知道是什麼樣子的店吧？我看看地點，日本橋蠣殼町……」倉澤說。

「啊！」有村發出聲。「說起日本橋，就是河村的女友，武藤結花上班的地方。」

應該不是偶然。三人一致同意把武藤結花加進嫌疑人名單。最後將河村的房間上鎖的人，也有可能是她。

有村立刻決定前往武藤位於練馬的住家。他離開檢察官室時，把褲管捲起到膝蓋附近，然後用束褲帶綁好。

他的身影消失後，倉澤好奇地歪著頭。

「有村是打算騎腳踏車到練馬嗎？從這裡出發的話，有二十公里遠呢。」

3

夏季西下的烈日光線直射窗戶，從百葉窗的隙縫中透出橘色光芒。把臉埋在一疊文件裡的倉澤抬起頭，久我向她搭話。

「要不要去喝酒？」

「好啊，我也在想要不要喝杯啤酒再回家。」

兩人走進場外賽馬投注處後面的巷道，在一間屋簷下有桌子的酒館角落入座。當冒著白色泡沫的啤酒送來時已經天黑，掠過小巷的風帶來些許涼意。

「終於沒那麼悶熱了。」倉澤說完，緊接著高喊一聲「乾杯」，然後把酒杯高舉向前。

「為了什麼？」

「為了今天發生在久我前輩身上的事。」她的語氣充滿試探性。

「我被叫去本廳的事嗎？」

「對啊，你回來之後心情好像不錯，我在想是不是有什麼好事。」

「心情哪有好。」久我一邊回想與特搜部長的會面一邊說。「妳真是愛管閒事啊。」

「嗯，這我承認。」

「這件事有點麻煩。」

「咦？是小橋主任叫你去的嗎？」

「不是，是特搜部長，福地。」

「什麼——！」倉澤誇張地向後靠，差點翻倒啤酒。「究竟是怎麼回事？」

「他下了一個明天必須空出審訊室的指令。」久我坦言。這讓倉澤也有些不愉快。

「所以我們得使用沒有窗戶的審訊室。那一定要把電風扇搬過去。還有風鈴。」

「妳很不爽？」

「對，非常！雖說是特搜部，但那高高在上的態度……是不是覺得分室的工作隨便怎樣都好。但是，他們到底要審問誰呢？」

「不知道……好像是還沒浮上檯面的案件。」

「如果被記者看見那個人，應該會引起騷動吧？」

「就算我們知道是誰，也要徹底把自己當成 Three monkeys[4] 吧」

倉澤陷入沉默一會兒，然後「噗哧」地笑出來。「勿視、勿聽、勿言。久我前輩啊，

4 指三個分別用雙手遮住眼睛、耳朵與嘴巴的猴子雕像，在世界其他地方也被稱為「Three wise monkeys」，表示「不見、不聞、不言」之處世的智慧。

典型的大叔笑話[5]就是會說一些奇怪的英語喔。」

久我也笑了笑。但這時，她的表情突然陰沉下來。

「小橋前輩知道我們要出借審訊室嗎？」

「不，應該不知道。」

「這樣啊。」

「知道的話又如何呢？區檢的設施管理者就是小橋。難不成他會來找碴嗎？說我擅作主張之類的？」

雖然久我試圖開玩笑，但不知道為什麼，倉澤沒有像平常一樣奉陪。

4

有村在小巧的會客室裡見到那位名為武藤結花的女性時，感到有些困惑。武藤本來應該是把友之帶到外面，並且將房間上鎖的首選可疑人物，但現在看起來就只是個楚楚可憐的女性。

5 又被稱為老爸笑話（dad jokes），指的是難笑的冷笑話，由於這種說笑話方式多為中年男人使用，故得其名。笑話內容常常以雙關語、文字遊戲、腦筋急轉彎之類的方式呈現。

「省造哥擅自把我們認定為情侶了。畢竟他有點冒冒失失的。」她親暱地將渡瀨哥哥稱為「省造哥」。

「那麼，武藤小姐和河村先生是什麼關係呢？」

「朋友。有一起吃過飯。」

「你們是在訓練中心認識的吧？」

「沒錯，他是我的練習對象。」武藤的嘴角稍微上揚，露出笑容。她有一雙細長清冷的眼睛，但她的面容看起來溫和，並不會讓人感覺冰冷，可能是眼角些許下垂的緣故。眼皮下的瞳孔，與柔軟頭髮一樣是淺棕色。

有村繼續提問：「聽說武藤小姐在日本橋上班。請問是什麼樣的公司呢？」

「是一間叫做日陽物產的商品貿易公司。您知道『NICHIHI』這個 LOGO 嗎？由於經營期貨的東京商品交易所也在日本橋，所以附近也有類似的公司呢。」

有村拿出手機，連上 NICHIHI 的官方網站瀏覽公司簡介，不出幾秒，就明白這是間歷史悠久的企業。該公司在戰前成立，以煤炭和農產品貿易起家，隨後在事業高速成長時期，開始實施多角化經營，發展為綜合商品貿易公司。

「我完全不知道，原來還有這樣的行業與公司……真是失禮。」

「沒關係，請不用介意。經營期貨的公司不會像證券公司那樣用電視宣傳，所以一般人幾乎不會知道。」

「我理解工作內容了。那我稍微換個話題，我來是為了河村的事。其實他是一間名為AUDIENCE公司的代表董事。您知道這件事嗎？」

「咦？他？他是社長嗎？」

「公司位於日本橋蠣殼町。」

她似乎毫無頭緒。「雖然蠣殼町就在附近，但我第一次聽說他是一間公司的社長。」

「接下來的問題可能有點失禮，但目前能串聯日本橋和河村先生的人，只有武藤小姐。」

「我不知道您在說什麼……」

在有村眼裡，她那困惑的表情似乎並沒有說謊。「您工作的地點距離渡瀨先生的訓練中心有一段距離吧？為什麼妳會加入日暮里的訓練中心，又怎麼會認識河村先生呢？」

「啊，如果是這樣的話……」武藤搖頭。「我沒辦法進入地下空間，所以不搭乘地鐵，而是搭乘山手線。中途在日暮里站看見招牌上寫著『歡迎女性』，所以想著動一動身體是不是可以消除壓力之類的。」

「拳擊運動可以消除壓力嗎？」

「那陣子的我非常憂鬱，因為在公司的人際關係不是很好。所以那時便加入了省造哥的訓練中心。」

「然後在那裡和河村先生變成朋友？」

「沒錯，他會聽我訴說煩惱，也一起吃過幾次飯……但是往來相處間，我們並未超出朋友關係。不過，看來還是有人認為我們是情侶……」她微笑著聳聳肩，但又立刻收起笑容。「儘管受到大家的幫忙，最後我還是離職了。因為承受不住……」

有村在工作中也有很多心情不好的時候。他深有所感，便也記錄在筆記本上。

他的目光轉移到擺放在酒架上的照片。照片中做出「萬歲」姿勢的人群圍繞著一名中年男性。「不好意思，請問您的父親是做什麼的呢？」

「他是東京都議會的議員。那是初次當選時的照片。」

有村察覺自己的愚鈍，搖了搖頭。「所以才喊萬歲啊。」

「您覺得那看起來像什麼呢？」她微微一笑。

「對不起，是我太沒眼力了。很奇怪吧？」

「不不，我鬆了一口氣。父親的世界裡有太多耀眼的人了，很少有像有村先生這樣，與選舉和政治無關的客人造訪。」

「您的雙親不在家嗎？」

「整夜都沒有回來，看來也是因為工作。」

還有一張令有村在意的照片。那像是派對的場合，聚集許多不同人種的年輕男女，而武藤微笑注視著鏡頭。「您去過國外嗎？」

「是的，我曾經在美國西岸留學兩年。」

有村心底的某個角落，羨慕她能體驗與自己成長環境截然不同的世界。雖然對海外生活很有興趣，但時間有限，差不多該把話題繞回到案件上。

「請問您最後一次見到河村先生是什麼時候呢？」

「我想想……應該是一週前去訓練中心的時候。我今天本來也要過去，但從早上開始頭就很痛，只好休息了。」

「這樣啊……」有村默默地記錄到筆記本。「那麼最後一個問題，請問您知道他是否被捲進什麼糾紛嗎？」

「我覺得沒有。」不知道為什麼，她的語氣很堅定。

「為什麼您可以那麼肯定呢？」

「因為他是個認真、人品又好的人。我想沒有人會說他的壞話。我有職場上的煩惱時，他也很認真聽我訴說，幫了我很多。」

由於 AUDIENCE 一事讓人感覺別有隱情的男人，似乎意外地是個親切的人。

武藤突然覺得疑惑：「您說糾紛，是指他被捲進什麼事件嗎？高架橋的事故不是自殺嗎？」

有村對於她突如其來的提問感到意外。

「難道他有自殺的徵兆嗎？」

「是的，雖然我不知道能不能稱得上是徵兆，但他喝醉時，曾經說過『很想死』之類的話。」

「為什麼呢？」

「他說感覺很空虛。不知道為了什麼而活。但無論是誰喝了酒都有可能說出類似的話，所以我也沒有特別放在心上。」

她垂下瘦弱的肩膀。「如果他真的是自殺，那我會很後悔的。我明明就在他身邊，卻沒辦法阻止……」

5

距離末班車時間還有兩個小時。倉澤並沒有搭乘往埼玉方向的電車返家，而是搭乘前往市中心的空蕩蕩地鐵。她在日本橋站下車，依照手機畫面上顯示的箭頭，步行在高樓之間；不久，電線桿上的標示變成「蠣殼町」。輸入到手機導航程式中的門牌號碼，位於一條與主要道路平行的陰暗小巷子裡，一棟看起來隨時會被拆除的老舊建築便佇立於此。

一樓是中餐廳，二樓和三樓則進駐一間小型旅行社。令人感到驚訝的是，信箱總共有四座，地下一樓寫著此行目的地的公司名稱「AUDIENCE」。

通往地下室的樓梯引起倉澤的注意。當她下樓時，被一扇沒有任何招牌的門擋住去路，她便返回樓上，掀開中華料理店的門簾；緊接著看似五十歲左右、氣色紅潤的店長從廚房方向對著她露出諂笑。

「這位客人，不好意思。今天已經打烊了喔。」

「我不是來用餐的。我只是想問問樓下的情況。」

「喔，妳是警察嗎？和之前來的人不一樣呢。」

「嗯，不一樣。我其實是檢察官。」

「哎呀，檢察官小姐大駕光臨有什麼事呢？」店長查看名片的眼神好像在看什麼稀有物品一樣。

「你說之前有警察來過？」

「樓下的店家遭小偷了。」

「樓下是什麼店？」

「Live House（展演空間）[6]吧。」

「Live House？」倉澤明白店名的由來了。

「說是爵士樂的。以前也有音樂雜誌介紹過，但我在這裡開店的時候就已經沒有表演了，變成普通的飲料店。」店長突然改口，「不，應該也不能說是普通……」

6　中小型音樂展演場所，演出者多為樂團或獨立音樂人。部分 Live House 也同時具有酒吧或其他娛樂用途。

「怎麼說？」

「客人的類型啊。有時他們也會來我們這兒用餐，但都是一些凶神惡煞的傢伙。警察說他們是『半灰』[7]。」

「說起半灰，就是沒有加入暴力團的一群混混吧。」

「日本橋署的刑警是這麼說的。只知道他們是半灰，但根本不知道他們的身分。」

「所以警察懷疑他們是小偷吧。」

「我覺得是。樓下的店是一個叫做藤木的人在經營，但聽說小偷闖入之後，他就因為腦溢血去世了。」

藤木道夫這個名字曾出現在法人登記的資料庫裡，是在河村之前的代表董事。

「案件是什麼時候發生的？」

「我想想，好像是去年……下雪的時候，大概是一、二月吧。」

「也就是說，一年半以前的事啊。」

河村成為代表大約是半年前。

7 由新聞記者溝口敦創造的詞，因遊走在一般人與黑道之間的灰色地帶，故得其名。「半灰」不屬於暴力團（黑道），但同樣使用暴力勒索等不當手段維生；相較於暴力團，「半灰」成員流動性高，無明確上下組織關係，且不受《暴力團對策法》規範，因此難以管束，成為嚴重的社會問題之一。

「沒有抓到犯人嗎？」

「這我就不知道了……妳是檢察官，應該比我更清楚吧？」

倉澤心想，明天一早就必須向日本橋署索取搜索資料。有可能是盜取公司。

6

出門前看了電視，晨間新聞表示颱風正在接近日本列島。久我從淺草站出來後，抬頭仰望天空。不知道是不是氣流紊亂的緣故，天上的雲正往不同方向飄動。

一想到特搜部的人正要出差前往這裡，久我前往區檢的腳步就變得沉重，於是他繞進雷門後方的小巷子；而後，撞見了一群向他衝過來的觀光人力車。車上沒有乘客。他們從雷門前一個像是計程車招呼站的地方出發攬客，兩人擦肩而過時，對方充滿朝氣地喊道：「早啊！」

「早安。」久我抬起右手，有氣無力地回應。

一群人的腳步聲遠去後，久我注意到某處傳來外國的流行音樂。有一家招牌上寫著「Ellen Café」的店，中年店長拿著掃帚在店家前面掃地。音樂就是從此處而來。久我盯著貼在室內窗上的手寫菜單時，店長上前搭話。

「米津玄師[8]沒有在裡面喔，你可能要失望了。」

久我聽聞後笑了笑。「難得來這裡，就讓我失望得更徹底一些吧。」

狹小的飲食空間，久我選擇坐在正中間的座位，點了一杯咖啡。店裡面還殘留著一股「店內吸菸」時代的氣息，用膠帶四處修補過的合成皮沙發，坐起來意外舒適。目標客群應該不是觀光客吧。久我認為這裡像是世界各個角落的人們感到疲乏時，能夠過來休息片刻的地方。

「這位客人，吃過早餐了嗎？我招待你吐司。」

「沒關係，我已經吃過了。」久我回答，同時環顧著現今難得一見的自營咖啡廳的裝潢。突然，他意識到音樂來自於放置在櫃檯角落的一套小型音響組，卡式錄音帶在裡面旋轉。看見久我注視的神情，店長開心地詢問：

「你有看過這個嗎？」

「當然，我爸也有。」

「你現在幾歲？」

「快要四十二了。」

「那正是剛好趕上這波潮流的年紀呢。我實在沒辦法聽數位版本的聲音啊。我還是

8 出生於日本德島縣的男性音樂家、創作歌手、插畫家、攝影師、舞者，為近年日本流行音樂的代表歌手之一。

比較喜歡錄音帶，稍微模糊一點的聲音更好。」

卡帶式錄音機傳來的西洋音樂切換成簡單的吉他伴奏，滾石樂團[9]的《(I Can't Get No) Satisfaction》開始了；這是滾石樂團早期的歌曲，久我在年少時期沉迷搖滾樂時，不知道聽了多少次。

我無法滿足
我無法滿足

人生沒辦法依靠想像。米克・傑格[10]配合流行樂的旋律，唱出那些時常隨意度過的日子。

「老闆，你幾歲了？」

「我剛過六十，已經在這裡開店三十年了。」

「咖啡很好喝。」

這不是客套話，烘焙得恰到好處的香氣仍殘留於鼻腔中。

「哎呀，真高興啊。那是我家的招牌。」

「喔——是大叔獨創的啊。」

9 知名英國搖滾樂團，一九六二年四月在倫敦成立。在一九六〇年代被視為反叛、反文化、青春的象徵。
10 Mick Jagger，滾石樂團創始成員之一，一九六二年起，擔任樂團主唱至今。

「說是的話，就太過頭啦。」店長心滿意足地看著反應不過來的久我，然後放聲大笑。這老頭怎麼回事……

「咖啡豆是附近超市買來的。」

「這麼好喝的咖啡是超市買的？」久我並非咖啡專家，所以不假思索地提問。

「要磨豆的時候我都用手搖的。」

「那是什麼？」

「就是那個。」店長指向廚房角落，表面生鏽的機器。「你知道磨豆機嗎？就是可以碾壓咖啡豆並且研磨的電器。用那種會摩擦生熱，導致咖啡豆氧化，口感變差。相對的，手搖磨豆機不是使用碾壓而是用削的，所以不會產生熱。」

「原來如此。」

「就算是便宜的咖啡豆，只要磨的方式不一樣，也會有好的口感啊。」

久我感到佩服，並且細細品嘗直到最後一口。「多謝招待，我會再來的。」久我起身走向收銀臺。就在此時他注意到，隨意放在收銀臺旁邊的報紙頭條。

偵訊演藝經紀公司的社長

涉嫌逃稅

東京地檢特搜部

久我專心看著報導，甚至忘記拿找回的零錢。

7

天一亮，有村立刻起床，打算騎著腳踏車去橫濱海關調查WATASE CARGO的進口貨物記錄，但是當他好不容易抵達可以看見飛機進出羽田機場的地段時，卻又不得不折返回市中心。

「我在友之的置物櫃裡發現不得了的東西啦。」拳擊訓練中心的渡瀨省造來電召回。於是有村咬緊牙關，全速踩著踏板前進。

他比約定時間還要早大約二十分鐘抵達日暮里。他把腳踏車停在巷弄，遠遠看著訓練中心的情況。從二樓窗戶能夠看見渡瀨兄弟的身影，光頭的哥哥面紅耳赤地與弟弟勝美發生激烈爭執。有村持續觀察情況時，一位瘦高拳擊手身形的年輕男子從室外樓梯走下來，應該是其中一名教練。他繞到樓梯後面，開始用手機悄聲說話。有村偷偷接近，躲在建築物的死角傾聽。

「我按照你說的做了……現在那老頭在罵他弟。太可怕了，所以我就跑出來外面……察？應該是他吧，友之死亡後的隔天，不是說有個西裝很土的巡查來問話嗎？」

有村認為自己發現了可疑人物。「我按照你說的做了」，和渡瀨省造說的「在友之的置物櫃裡發現了什麼」之間，有什麼關聯嗎？當男子走上室外樓梯後，有村便以一副剛抵達的模樣跑進訓練中心。省造坐在長椅上，直到剛才還在二樓和他爭論的弟弟勝美卻不見蹤跡，應該是與他擦身而過了。

省造察覺有村到來，一臉痛苦地起身，就像下半身的重量多了一倍似的。

「有村先生，發生一件大事了。」

「如果是河村的置物櫃，我昨天來的時候已經確認過了。」

「他還有別的置物櫃。喂，祐二，你帶他去。」剛才在樓梯密談的男子從拳擊場後方走過來。

「是這傢伙發現的。喂，你有拿鑰匙嗎？」

「有，在這裡。」一名為祐二的男子從短褲口袋中拿出一串鑰匙。三人進入更衣室，走到標示A9的置物櫃前。

「總共有三個置物櫃無人使用。有村先生，這是其中一個。」

省造抬起下巴指了指，祐二便插入鑰匙把門開啟。

「你看。我打開的時候嚇壞了。友之那傢伙，到底幹了什麼！」

置物櫃裡面放著一個細長型的餅乾罐。省造打開蓋子，裡面裝滿已經小包分裝好的白色粉末。估計是毒品吧。罐子旁邊還有一個紙袋。有村戴起手套，小心翼翼地打開紙袋，看見裡面有數十萬圓的紙鈔。

「你們是什麼時候發現的？」

「早上打掃的時候。祐二發現這裡明明沒有人使用卻上了鎖，我們就把它打開來看。」

「為什麼你們會知道這個置物櫃是河村先生用過的？」

「因為有他的毛巾。上面有他名字首字母T．K的刺繡……那是我為了感謝他幫忙訓練中心而送他的禮物。」

有村注視著似乎是被隨意扔進置物櫃裡的毛巾，說：「請禁止所有人進入更衣室。我必須請鑑識小組過來。」

這時有村發現，祐二短褲後面的口袋放著尺寸明顯過大的手機。

「奇怪，我放哪了？」有村翻找制服上的口袋。「不好意思，我好像把手機忘在署裡了。祐二先生，可以借我手機嗎？」

「咦？什麼？」看祐二很猶豫，省造便接著說：「快借他啊。又不會花你幾千圓的電話費。」

有村輕輕鞠躬，接過祐二的手機。然後舉到自己面前，一邊假裝想不起號碼，一邊偷看通話紀錄。他撥打追出的座機電話，報告時也不斷在腦海中刻印那十一碼數字。離開訓練中心時，他為了記住與祐二通話的神祕人物的電話號碼，彷彿吟詠咒語一般，反覆呢喃。

8

久我比預定時間晚了大約一個小時。當他跑上區檢的樓梯時，審訊室前出現一名看上去估計三十歲左右，有如衛兵站崗的事務官，有著寬闊的肩膀，橄欖球員般的體格。特搜部已經開始在審訊室裡偵訊了嗎？久我經過他時，雖然裝作什麼都不知道的表情，但還是被橄欖球員叫住。

「請問是久我檢事嗎？」

「是的，我是久我。」

「很抱歉這次給您添麻煩了。我是特搜事務課的野邊。我和田中檢事去過您的辦公室打招呼，但您好像不在。」

「你說田中……是田中博檢事嗎？」

「是的，裡面已經開始偵訊了。」

「辛苦了。」儘管久我的語氣平穩，但是他還是難以忍受這種屈辱。沒想到負責的檢察官，偏偏又是那位與自己有著人事恩怨的田中博。

久我一踏進檢察官室，立刻感受到倉澤冰冷的視線。

「你也太晚了吧？遲到的理由已經不能用『搭電車的人太多』了呦。」

「我順路去了咖啡廳。真是一間好店。」

「傻眼。真是悠閒啊。」

「偶爾和路人說話的感覺也不錯。咖啡也很好喝。」

「剛才田中檢事過來打招呼了。不愧是具備註冊會計師資格，在特搜中也絕對是前途無量的人。但是他叫我不要進去審訊室的時候，讓我覺得很不爽。」

「妳覺得他是怎樣的人？」

「嗯……知性都會風，是個感覺很不錯的人。腿也很修長。」

「喂，妳真的有不爽嗎？竟然以貌取人。」

倉澤淘氣地笑了笑：「這個形容不適合用在久我前輩身上，所以請不要介意。我想夫人也會認同我。」

「妳什麼意思。」

「請務必往好的方面想。」

久我的內心湧動著名為屈辱的漩渦。但是在和倉澤閒聊的過程中，那個漩渦似乎也逐漸縮小。

「你看了嗎？早上的報紙。」

「嗯，看了。」

在「Ellen Café」讀到的報導中，提到高津安秀這個名字，他是特搜部立案追查逃稅的人。根據報導，在他所建立的大型演藝經紀公司「富士AWARD」的帳務中，發現鉅額的不明支出。

倉澤撇嘴說：「突然就被大肆報導了，這不是連什麼 Three monkeys 都不用裝了嘛。」

「喂，妳說這麼大聲會被聽見啊。」久我對著門的方向抬了抬下巴示意。

「之後會成立什麼案件呢？聽說高津安秀這個人在政界也是人緣很廣。」

「妳怎麼知道？」

「根據S給我的情報。」

「原來如此。」

「呵呵，開玩笑的。當然是上網查的。他從以前就是週刊雜誌非常感興趣的人，說是財政界新的幕後推手……不過，這與我們無關啦。」她搖搖頭，語氣像是鬧脾氣似地，結束隔壁審訊室的話題。

久我的表情變得嚴肅。「我來的路上，看到有村傳給我的訊息。說是發現了毒品。」

「嗯，聽說還有現金。友之會是私售商嗎？」

「這樣的話，也就必須認真懷疑他走私車輛這件事才行。今天有村不會來嗎？」

「對，他不來。聽說是來不了。」

「感冒了嗎？」

「不不，」倉澤搖頭，「剛才來電說在渡瀨的訓練中心發現一個員工很可疑，所以正在跟監。」

「什麼樣的人？」

「總之他先請我查明對方的身分。我正要查詢刑事裁判資料庫，看他有沒有前科。」

松井祐二

倉澤手邊的筆記中，有一個男性的名字。

有村察覺當今社會似乎不流行抹茶色的西裝，於是把它放進後背包，換成一件POLO衫。回想當初買的時候，替他丈量尺寸的女店員表情十分僵硬，卻還是對他說：「客人您的眼光真好啊。」

他躲在距離訓練中心幾棟房子遠的烘焙店前的電線桿後方，一邊吃著可樂餅麵包，一邊緊盯著訓練中心的玄關；他的腳踏車則是將車輪上鎖後，停放在護欄內側的人行道。

他突然想起河村即使身亡，也彷彿雕像一般的臉龐。儘管長相帥氣，但不可思議的是，與他有關的謠言就只有被誤認為和武藤結花是一對情侶。生活節儉，在認識的人當中評價也非常好。認真、好青年、誠實、溫柔……卻從這種男人的隱藏置物櫃裡發現毒品和鉅額現金。究竟他還有什麼不為人知的一面呢？

正在監視的訓練中心突然發生變化。鑑識小組聚集在警車周圍，開始準備收隊。松井祐二似乎看準時機，離開訓練中心，往車站方向的商店街移動。有村慌張地吞下麵包。

跟監對象來到日暮里車站，沒有走進ＪＲ站，而是搭乘「舍人線」。那是東京都交通局營運的新交通專用道，列車由五節車廂組成，路線往北延伸至足立區。松井進入二號車廂，有村則走到隔壁的三號車廂。不久，松井在荒川附近的車站下車，走出剪票口後，往一條能夠一眼看到盡頭的筆直街道邁進。

有村一發現巴士站就立刻坐到長椅上，並且轉向旁邊。此時他用餘光看見松井回頭。雖然不知道他有沒有發現，但幾秒之內，他就失去蹤影。有村確定他走的是小路便追了上去，但最終，松井的身影消失在附近參雜住宅與小型市鎮工廠的地方。

不見了。跟丟了嗎……正當有村感到氣餒時，突然聽見重機的引擎聲。鐵皮外牆築成的建築物鐵捲門開啟，一名戴著全罩式安全帽的男子騎著重機奔馳而出。雖然沒辦法確認長相，但建築物的牆上殘留著些許油漆痕跡，寫著「松井板金」的字樣。沒有人的跡象，招牌上的電話號碼也被斜線劃掉，看起來早已歇業。

同一塊用地的後方有間木造房屋，上面掛著門牌。雖然不得不放棄追緝，但能找到住處也算是有所收穫。

廢棄工廠裡有一臺附著油漬的壓力機坐鎮，瓦斯噴槍、噴漆槍以及裝油漆的一斗罐[11]等物品被隨意丟置在地。難道是在這裡解體進口賓士，取出藏在裡面的毒品嗎？有村拿

11　四方形容器，一般指ＪＩＳ（日本產業規格）所規定的十八公升罐。一斗大約是十八公升。

起其中一個空的一斗罐。只有這個還殘留著鋁的光澤，看起來比其他的空罐還新。白色油漆沾染罐子頂部，雖然幾乎乾涸，但嘗試觸摸後油漆卻停留在指尖。

用來做什麼的……？有村困惑。

就在這時，有村的背後傳來重機聲響。他的心臟差點嚇得跳出來。不過騎士並非松井。有村一邊按著胸口，一邊返回車站。

9

午後，久我在淺草西署待了好幾個小時。三名國中生在百貨公司和水果攤偷取甜瓜後在網路上販售的案件開始審訊，而久我接獲通知，前來查看情況。雖然詢問每一名觸法少年是否遭受不合理的偵訊為固定流程，但是在警員能夠聽見的場所執行，並不是一件舒服的事。

踏出淺草西署時已是黃昏時分。合羽橋五金工具街的旗幟在充滿濕氣的溫暖微風中搖曳。他突然想起河村友之的哥哥經營的店就在合羽橋。走過滿是販售專業廚具的商店街，轉進一條岔路後，立刻就能看見一間小型理髮店。

河村哥哥的名字是河村和也。根據有村的筆記，和也年長友之七歲，雙親因交通事故去世後，他為了撫養弟弟而從高中退學，一邊在理髮店工作，一邊考取理容師執照。

門口的三色旋轉燈沒有轉動，似乎沒有營業。不過店內燈火通明。正當久我探頭想看清楚裡面的情況時，接下來的一幕讓他不得不慌張地破門而入。和也正拿著剃鬍刀抵住自己的手腕。

「不要！」久我大喊，並且衝到他身邊。

店長驚訝地瞪大雙眼，停下挪動剃鬍刀的右手。

「什麼？你誰啊？」他憤怒地詢問。

久我隨即發現自己會錯意。因為理容師的左手腕上平均地塗抹著散發香甜氣息的泡沫慕斯。鏡子前放著一個似乎是用來溶化肥皂粉的容器，一旁也放著類似茶刷的工具。

久我大嘆一口氣後，鞠躬道歉。「對不起，看來是我太著急了。」

對方立刻露出理解的表情。「你以為我要用剃鬍刀做什麼吧？」

久我像是斥責自己地說：「我真是魯莽。您的弟弟才剛過世，我還上演這齣鬧劇，真是對不起。您是河村和也先生吧？」

「是的，我是河村。那您是警察嗎？」

久我搖頭。「我不是警察。我是檢察官，偶然參與了友之先生的相驗過程。今天是來表達慰問的。」

「謝謝您特地跑一趟。」

和也恭敬地鞠躬。他的臉上帶著疲倦，不過聲音聽起來還是很符合三十多歲的人。

或許是職業的關係，髮型相當乾淨俐落。適當的眉形下方有著兩顆大眼睛。

「請問您在手臂上塗抹泡沫是打算做什麼呢？」久我詢問。

「練習使用剃鬍刀喔。理容師都是這樣在手上練習的。」

「在手上？」

「是的，對我們來說是很平常的事。請您看一下這裡。」和也把手肘抬到久我面前。「看起來很糟糕吧。骨頭突出，還有凹痕……這裡和人的下巴很像。由於我們做的是會讓刀刃與皮膚接觸的生意，絕對不可以讓客人受傷；所以，能獨當一面的理容師身上，都經歷過無數次的傷痛。」

久我被這段不為人知的職人培訓故事吸引。「真是驚人。」簡短的話語裡滿是敬意。和也把剃鬍刀放回具有藍光殺菌功能的紫外線盒中，然後平靜地低聲說：「有些老店也有像我這樣的理容師，都慢慢被千圓剪髮淘汰了。不過值得慶幸的是，我有客人說他一定要在理髮店打理容貌。明天也有一位客人預約。」

「所以您剛剛才會練習啊。」

「是的，他是我在培訓時期就一直很照顧我的客人。」

「那不好放手呢。不，對不起……您是使用剃鬍刀做生意的，確實連一瞬間也不能放手呢。」

不知道是不是因為久我說的話，和也露出微笑。

久我想起，從日暮里訓練中心的置物櫃中，發現被認為是友之持有的違法藥物。想必他的哥哥還沒聽說這件事。負責搜查現場的警察有裁量權，能決定向遺族提供多少情報以及詢問哪些問題——雖然腦子記得這件事，但久我還是想由衷發問。

「和也先生，如果您的弟弟是被殺害的，那麼犯人對待死者實在過於殘忍。您知道有誰對友之先生懷恨在心嗎？」

和也仰望天花板，陷入沉思。然後說出令人意外的一句話。

「可能是我吧。」

久我進一步詢問是怎麼回事，和也只露出痛苦的表情。

「我十六歲的時候，父母因為交通事故去世。我們沒有能夠依靠的親戚，還是高中生的我也沒有親權，於是我們得去兒童養護設施。但當時找不到能同時收容我和弟弟的機構，所以我們面臨分開的情況。」

「友之先生當時不是年紀還很小嗎？」

「是的，他那時才九歲。哭鬧著說要和哥哥一起住，負責的兒童福祉司[12]也很頭痛。後來出手幫助我們的是父母的熟人，也就是我培訓時的老闆。」

「原來是這樣。」久我平靜地說，等待對方繼續說下去。

12 日本專責兒童福利與處理受虐兒童的公務員。

「我很開心不用和弟弟分開，所以主動提出要在理髮店工作，我也很高興從高中輟學後能成為理容師。然而，每當我在路上遇見同學時，卻還是會覺得沒有高中畢業的自己很悲慘，腦海中閃過的弟弟的臉也讓我感覺面目可憎。」

久我默默點頭，心想任何哀悼的話語聽起來都是不合時宜。

此時有道人影進入玄關。

「你好！」一名反戴棒球帽的年輕男子說，「河村先生，你要訂嗎？」

「這週先不用。下週再麻煩你。」和也回答。

「那之後再請多多關照了。」棒球帽男子充滿活力地說完就離開了。

「剛才那是花店的銷售員。自從友之死後，我實在提不起勁用鮮花裝飾店面。」和也說。

10

倉澤從日本橋署回來時，久我不在檢察官室裡。她獨自坐在安靜的辦公室裡，打開對著日本橋署的刑事課長痛罵一頓後借回來的調查報告。裡面是AUDIENCE之前的展演空間遭竊時的受害申報資料、鑑識報告等文件。

倉澤之所以被刑事課長激怒，是因為他堅持要經過刑事部的正規手續申請。但如此一來，就必須花費一週的時間，所以她強行把文件帶回來了。

根據受害申報的內容，遭竊保險櫃裡的現金超過七萬圓，還有銀行存摺和印章。帳戶裡還有三十萬圓的餘額，但在被非法提領前，就已經通報銀行凍結帳戶了。

然而，沒有任何資料可以解釋 AUDIENCE 這間公司是如何轉到河村友之手上。正當倉澤對這次行動撲空感到沮喪時，傳來一陣敲門聲。

「請進。」倉澤發出不悅的聲音後，有村謹慎地往裡面看，並且以恭敬的態度尋求批准：「請問，現在方便進去嗎？」這讓倉澤感到不自在，回話的語氣中不禁參雜怒火。

「有村，我是檢察官，你是警察，我們所屬不同組織，我也不是你的上司啊。你這麼拘謹讓人很難放鬆。」

「不，檢事和巡查的地位差太多了。」

「是這樣嗎？」

似乎開啟了一個不太好的話題，倉澤有些後悔。

「久我檢事不在嗎？」有村膽怯地問。

「我想他應該是被困在淺草西署的青少年案件了。」

「這樣啊。」有村一臉惋惜。

「找我不行嗎？」

「不，這有點……」

「如果有什麼進展我會向久我前輩報告的。」她的態度仍然咄咄逼人。

「我明白了。」有村只好點頭，然後從偷聽松井祐二的可疑通話開始說起，到尾隨松井，發現松井老家是歇業的板金工廠等，將事件一一說明。

若「進口賓士車是為了掩護走私毒品」的假設成立，那麼有村的調查可說是收穫不少線索。雖然此時只要坦率地褒獎就好，但倉澤還是展露出了天生好強的性格。

「我這邊的線索斷了。還以為去日本橋署就能知道些什麼。」她不甘心似地咬唇。接著便繼續說明，昨晚她去確認 AUDIENCE 公司的所在地，以及在中華料理店打聽到的事……

而有村的表情逐漸變色。

「怎麼了？那副可怕的表情。」

「倉澤檢事，打聽消息不是妳的工作。我會負起責任做好的。」

「蛤，什麼意思？是要我別做？」

「是的，請妳不要再追查下去了。我很困擾。」他說得斬釘截鐵。

倉澤勃然大怒地說：「喂，你現在是覺得我和警察在爭地盤嗎？」

「隨便妳要怎麼想都好。總之我很為難。」

「為、為難什麼啊！」

「為難就是為難。請妳絕對不要再繼續追查了。」

「不，我偏要！我絕對會繼續追查的。」

「真是頑固。」

「誰才是啊。我好心幫你……」倉澤只說到一半就停下來了，然後又說：「一個不懂法律的巡查，說什麼大話啊。」

雖然倉澤講到面紅耳赤，但有村的反應卻只是覺得有點困惑。他安靜地站在原地，然後低聲說了一句「倉澤檢事什麼都不懂」後，便離開了辦公室。

11

晚霞浸染西邊的天空，有村回到墨田署。柔和橘光照射在平時外觀森嚴的警察署窗戶上，看著這副景象似乎能稍微遺忘與好強檢察官的爭執。

有村從倉庫牽出一臺無人使用的黑色重機，拿起橡膠水管開始清洗。多數的資深警察都把巡邏用的黑色重機稱為「黑金龜」，因為這種深夜聚集在派出所玻璃窗上振翅的昆蟲，會發出類似黑色重機的吵雜排氣聲。而偶然路過的追出也一樣使用俗稱。

「有村啊，你搬出那臺黑金龜要幹嘛？」

「我要騎這臺去追那個重機男。」

「真熱血啊，很好。」

有村透過電子郵件報告了發現疑似汽車回收廠的事。不知道追出課長有沒有想到騎著黑金龜追逐的對象是松井。

「加油吧，便衣巡查。」追出拍了拍有村的肩膀，然後踩著慣有的外八步伐邁向回家之路。

刑事課拿到司法解剖的報告時，也發現重要的訊息。河村友之的血液中檢驗出合成毒品MDMA[13]，確定和訓練中心發現的是同一種藥物。由於比古柯鹼和海洛因便宜，因此也很擔心這類毒品的流通數量增加。

關於友之的死因多了一種可能性。大腦受毒品控制、喪失對於死亡的恐懼的人，從高架橋上跳到加速中的車輛面前也不足為奇；若是如此，這就會是近乎自殺的事故。但是，有村的大腦彷彿是想否定這種情況，不斷回憶起松井祐二與神祕人的悄悄話。

我按照你說的做了……

聽起來就像是特地在置物櫃中放入毒品和現金，讓友之變成販毒者。

為什麼那麼做？雖然友之的形象開始發生轉變，但在有村的腦海中，正派的友之正在把反派形象的友之推開。

13 臺灣常見的稱呼為「搖頭丸」。

久我回到區檢時，審訊室的電燈已經熄滅。看來田中博與事務官，今天似乎提早結束對於新的「平事者」[14]——高津安秀的偵訊。

檢察官室透出一絲亮光。倉澤獨自坐在辦公桌前。

「加班嗎？」

「我在等你喔。」她用尖銳的語氣迎接久我。「特搜的田中前輩離開前也在找你。」

「又找？為什麼那麼想見我？」

「誰知道，你去問本人。」

「所以妳在等墨田署調查的案件？」

「對，我用我的方式調查了AUDIENCE。」倉澤簡略說明從日本橋署借回來的文件內容。「唉，可惜……沒有發現任何與河村有關的資訊。」

然而久我的反應卻出乎意料。「倒也未必喔。」

「嗯？」

「妳還記得保險箱裡被偷走什麼嗎？」

「現金、存摺和印章……」

「存摺的戶名是AUDIENCE嗎？」

14　原文為フィクサー（fixer），是指擁有金錢、手段或人脈，可以透過非正式程序影響政治、行政或企業決策的人。

「對。法人名義。」

「那麼印章就是公司印鑑呢。」

「沒錯，雖然沒有紀錄在文件中，但確實是公司印鑑。」

公司印鑑也被稱為法人註冊印鑑，用於契約和交易時。不管用印者是誰，都能隨意控制公司；也就是說，可能有人拿到了這顆印鑑，並且想到可以利用賓士車走私毒品。

當倉澤得知沒有白跑一趟時，總算稍稍揮別陰鬱的感受了。然後她想起稍早離開辦公室的有村，便決定向久我報告這件事。

「其實我和有村吵架了。」

「什麼，吵架？」久我皺起眉頭。「你們互毆了嗎？」

「請不要說傻話。」

她說出有村離開之前所發生的事。但是，久我並沒有同意她的想法。

「我認為，是妳不對。」

「咦？我嗎!?」

「我的想法和有村一樣。」

「哪裡不對了？我覺得只靠有村調查好像很辛苦，所以想要幫忙一下而已。」

「警察和檢察官的工作範疇不同。」久我向她說明，現場蒐證是警察的工作，而檢察官不該踏入那些地方。「我們有時候確實會在調查階段提供許多意見，但那是為了讓他們搜查的證據能夠在判決中派上用場。」
「檢察官的確不會到處蒐證，因為會變得過於主觀而失去評判準則。但是……」
久我心想，那個轉折的語氣真不愧是倉澤。「但是什麼？」。
「如果我在中華料理店打聽到與河村有關的人，還要被罵嗎？如果從署裡要來的報告中有紀錄松井的事，那也不行嗎？還不是因為我去了一趟警署，才知道印鑑的事嗎？」
她丟出一連串難以回答的問題。對於在法庭上可能需要與辯護律師交鋒的檢察官來說，能提出有效防禦或抗衡的言詞是必備的素質。久我的思緒有些脫離正題，想著她若當上公訴審判的出庭檢察官想必會相當出色吧。不過，她的提問也並非沒辦法回答。
「不要講一些屁話。」
「竟然說是屁話！」
「對，沒錯。就是屁！」
「這個比方真是有夠侮辱人的啊！」
「妳再想想吧。說到底，警察和檢察官兩派人馬為了破案該怎麼互相配合，才是問題所在。」
眼看倉澤的皮膚急遽漲紅。「久我前輩，你會不會太照本宣科了啊？就算被組織冷落，卻還是要依照組織的邏輯行事嗎？所以你才會困在這種地方工作啊！」
久我的神情變得痛苦，他承受每一句貶斥自己的話。然後安靜地注視著匆匆準備回家的倉澤。

12

電車在荒川的鐵橋上呼嘯行駛，車輪發出了喀嗒喀嗒的聲音；聽到聲音持續大約十秒後，就來到埼玉地區。這瞬間，倉澤意識到自己並不是東京人。

倉澤在川口站下車，如同往常一樣快步走下車站樓梯，前往巴士轉運站。從那裡搭乘巴士一路搖晃大約十五分鐘後，便會抵達位於住宅區的倉澤家。

她一把鑰匙插入大門，玄關的燈就立刻亮起。

「瞳？」母親打開內鎖，前來迎接。

「我回來了。」

「吃飯了嗎？」

「我吃了便利商店的便當。因為要加班處理累積的文件。」倉澤一邊開朗地說，一邊脫鞋。

今晚母親的氣色不錯。沒有浮腫。在倉澤參加司法研習的後期學程時，發現母親的腎臟功能異常，但還不到要接受血液透析。

「為什麼媽會在玄關？」

「妳外婆寄包裹來。我剛收到，正在拆呢。」

倉澤看見走廊有一個紙箱。

「剛才和她講電話，她說妳有送她一個很棒的禮物，她非常開心喔。」

「嗯啊，風鈴。我之前寄過去的……哦，這不是石松屋的酒饅頭嘛！」

倉澤從紙箱裡拿出外婆家附近和菓子店販售的盒裝點心。裡面裝的是她小時候與父母分居，住在外婆家時最喜歡的小型甜饅頭。

倉澤國中時，因為非常討厭不停吵架的雙親，所以和外婆一起住在川口隔壁的埼玉市。父親是縣立高中的教職員，母親則是兼職的市立圖書館館員。原本風平浪靜的一家人，卻因父親與曾經教過的畢業學生發生婚外情，從此每天都是驚濤駭浪。後來雙親離婚，父親離家，她才從外婆家搬回川口。

她為了把注意力從家庭環境中抽離，一直拚命學習。高中就讀的是東京的私立學校，即使上大學後也沒有鬆懈。她拒絕所有的社交活動邀約，為的是擠出學習的時間。最終以全科A的成績畢業，進入法學研究所，在所裡也一直是名列前茅。

「媽，這我拿走啦。」

倉澤用雙手盡可能地捧起最多的甜饅頭，然後走上二樓房間。她一進房間就脫去西裝，換上T恤和短褲，喃喃一句「好累」，便撲倒在床上。接著，她的目光停留在桌上的論文集。那是前幾天參加國際刑事法學會時分發的講義。

「我到底要死讀書到何時呢？」她喃喃自語。不顧一切與他人競爭的毛病，至今仍根深蒂固。也許正是如此，今天才會用相同的理由分別和兩個人吵架。

她在床鋪上撐起上半身，咬下一口甜饅頭。不過甜味卻沒有像往常一樣在舌尖上擴散。「唉，我該怎麼辦……」她在心中呢喃。

她想起第一次見到有村時，用鮮奶油和牛奶的臺詞作弄他的事。記錄那個段子的筆記本也放在桌上。她從學生時期起唯一的興趣就是看電影，而且不僅僅是觀賞，還會把喜歡的臺詞寫下來。那個御宅族興趣的筆記本也已經是第三本了。

但它也勾起痛苦的回憶。起初是因為父親在家中留下大量的影片，她才開始養成看電影的興趣。有時看著電影，討厭的父親和他溫柔時的模樣會交織浮現在腦海中，導致她無法專心於電影對白。

就算再怎麼生氣，今天從自己嘴巴裡說出來的那句話實在太過分了。不知道會在同齡的警察心中留下什麼。

不懂法律的巡查……

真差勁。倉澤很想為自己的無理道歉。由於她在成長的過程中幾乎沒被罵過，因此遭受一點批評就會感到惱火。

倉澤突然有個想法，便走向桌子。她拿起第二本筆記本，翻到中間的部分。「有了，就是這個。」

吵架的好處就是能夠和好呢。

出自一九五〇年代的美國電影《巨人》，伊莉莎白．泰勒[15]在劇中和丈夫吵架後說的臺詞。倉澤滿意地點頭。有村好像說過今晚要去監視松井的住家。從川口橫跨荒川的話，足立區應該不遠。

倉澤似乎突然想到一個點子，把三顆甜饅頭用銀座老字號文具店裡買來的碎花圖案和紙包起來；然後脫下家居服，重新穿上外出便服。下樓看向客廳時，母親正在收看搞笑藝人相互競爭得分的節目。她對著伴隨笑意而晃動身軀的母親說：

「媽，車借我一下喔。」

有村認為，夜晚跟監時很適合穿抹茶色的西裝。因為不會反射光線，很不起眼。然而，雨水正滴滴答答落下，剛才開始就斷斷續續地降雨，再加上從荒川吹來帶有濕氣的風，令人很不舒服；西裝底下也已經揮汗如雨了。

他把黑金龜停放在看不見的巷子裡。白天時因為是徒步，所以沒能追上松井的重機。他充滿幹勁，直言下次走著瞧。

離開署裡時，刑事課的小組長說了一句：「就是嗑嗨了直接從高架橋上跳下來的啦。

15 Elizabeth Taylor（1932—2011），英國及美國著名電影演員。

不是有人會誤以為自己是鳥還是飛機，然後從高處跳下來嗎？」

他聽說河村的血液中發現毒品成分，故而前來陳述想法。

雖然對前輩的建議表達出「受教了」的恭順之意，但有村的內心其實認為對方不應該先入為主。

開始跟監前，有村順道去了一趟足立北署的地域課。目的是閱覽警察製作的居民登記簿（巡邏冊）。查看過往，得知松井的雙親在數年前相繼去世；接下來是出生年月日，原本以為比自己年輕，但松井在春天時便已步入三十歲。透過 Google 也得知一些事。拳擊協會的主頁中有一條紀錄，他曾以中量級選手的身分參加第八屆職業拳擊比賽。

有村看了看手錶，從工廠窗戶確認松井的重機時，已過晚上七點。從那之後又過三個小時，一點動靜都沒有。他突然想起和鄰鎮高中的常規比賽中，自己防守外野時，沒有漏接過任何一球。雖然現在很像當時的情況，必須繃緊神經維持緊張感，但球場並沒有如此苦悶的熱氣和濕度。雨水和熱帶夜[16]的空氣緩緩滲透衣物，折磨著他的身軀。

16 在日本氣象廳的用語裡，是指夜間的最低氣溫在攝氏二十五度以上。

13

當久我回到家，吃完晚餐，讓自己陷進沙發時，雨水開始敲打著窗戶。即使門窗緊閉仍能感受到濕氣侵入，可能是因為和倉澤吵架的關係吧？而且菜穗今天也很冷淡。

電視的音量突然增大。菜穗拿著遙控器說著「這個這個」。

螢幕上出現新聞畫面，播報員以最高裁判所的建築物為背景播報新聞。

「怎麼？菜穗對GPS感興趣嗎？」

「對啊，因為這個最高裁的判決不是很奇怪嗎？」

「哪裡奇怪？」久我表示疑惑，同時暗自高興女兒沒有使用間接問話。

《跟蹤騷擾防治法》中，禁止在他人住家附近監視的行為。而這場訴訟的爭議是，監視行為是否包含透過GPS獲取被害者的位置情報。

根據最高裁判所裁定，由於法律對於監視地點的定義是「在被害者的居住地或工作地點等，平時活動場所的附近」，因此使用GPS從「遠方」獲取位置情報的行為並不違反《跟蹤騷擾防治法》。

也就是說，就算使用GPS監視，加害者也不會受到責罰。

菜穗又說：「那何謂『附近』？如果被害者住東京，那麼以住在美國的人來看，就算是九州也離東京很近吧？現在已經是網路時代了，『附近』、『遠方』這些詞的意思不也跟著改變了嗎？」

「嗯，這麼說也沒錯。」久我附和，緊接著解釋裁決內容。「最高裁展現的是罪刑法定原則的思考模式：只有法律中載明的行為才是犯罪。而法官不就該考慮到，對國家而言，嚴格遵守條文而不過度解讀，才是最重要的事嗎？」

久我本以為菜穗會反駁，但他猜錯了。「或許是那樣沒錯。如果解讀無限擴大，法治國家會陷入混亂。像是偵查機關會失控之類的。」

「法官真正想說的，應該是修法，並且準確地將GPS規範加入條文，正式禁止使用GPS監視的行為吧。」

「嗯——簡單來說，就是法官在責備政府和國會修法怠慢吧。」久我大吃一驚，思春期也是成長期嗎？

此時，電視上出現一張熟識的臉。多香子提高音量說：

「那不是神崎嗎！」

「誰？」菜穗問。

「你爸的朋友啊。現在在關西當大學教授。」

「爸，你認識這個人嗎？」

久我點頭。「妳也看過他喔。妳剛上小學的時候，我有帶妳去參加神崎的婚禮。」

菜穗搖頭，表示完全沒有印象。

久我在司法研習生時期和神崎史郎成為朋友。久我在大阪的堺支部時，神崎在大阪地檢工作，兩人也經常一起出去喝酒。

電視上講解判決的大學教授稍微發福，氣色看起來很好，聲音也很清晰。每當久我與他見面時，總是會感受到自己缺乏身為律師的素質。

神崎在電視上表示支持最高裁判所的判決。看見菜穗專注的樣子，久我忍不住詢問：

「妳打算讀法學部嗎？」

「還不確定。」

「讀法學部是以法官為目標嗎？」

「不好說。」

「妳為什麼不好好回答？」

「很煩。」

「妳對我有什麼不滿嗎？」

「還好。」

「看來要開家庭會議了啊。」

「媽，約個時間吧。」

女兒瞬間回到間接問話法。

倉澤走在荒川堤防的柏油路上，只有一名穿著螢光色鞋子在雨中慢跑的女性與她擦肩而過。倉澤一隻手撐傘，另一隻手提著袋子，袋子裡頭裝有打包好的甜饅頭以及綠茶寶特瓶。她把車停放在附近的收費停車場。

她一眼便認出有村的身影。他躲在電線桿的陰影處，專心地注視著工廠後方的木造房屋，那似乎是松井的住處。雖然倉澤想悄悄靠近，卻好像有一堵空氣牆阻擋她的腳步。

環顧四周，對面房子的二樓有扇窗戶，裡面亮著燈。即使有人從那裡探出頭來，有村躲藏的位置也是個死角。恐怕只有那個地方可以監視松井的動向吧；僅有五十公分見方的電線桿陰影。

看不見有村的臉，不知道他現在是什麼表情。如果只是把慰勞品拿給他，打擾他的時間也用不著十秒；儘管倉澤已下定決心，雙腳卻無法向前邁進。她猶豫了一會兒，最後還是決定回家。她一邊返回堤防，一邊思考究竟是什麼能讓有村一直站在原地不動；是因為想當刑警？還是想立功？不知道為什麼，總有種兩者皆非的感覺。但可以確定的是，他具備某種自己所沒有的特質。

當倉澤回到收費停車場時，雨聲已然消失。她一邊收傘一邊仰望天空，雲乘著強風向東飄散，頭上有一顆小星星在閃爍。似乎已經不會再下雨。倉澤鬆了一口氣，同時想起有村。

「喂，妳等等！」突然從背後傳來一道聲音。倉澤一回頭，就看見一名體型中等偏瘦的男子瞪著她。

「妳是不是從堤防偷窺我家？」

「你、你、你在說什麼……」

松井祐二出現在她面前。倉澤嚇得縮了一下身體，連第二句話都說不出來。呼吸好像快要停止似的。就在此時，男人的身後掠過一道人影，是有村；他躲到民宅前的矮樹叢。倉澤立刻萌生出勇氣。

「你誰啊？真失禮！」

倉澤對於一下子發出聲音的自己感到驚訝。

「說什麼偷窺！你再亂說話我就要報警了。」

松井雖然往後退了一步，但沉默地用雙眼從頭到腳掃視倉澤。他發出「呿」的一聲後，便轉身向有村躲藏的方向邁進。難道松井發現有村了嗎？這幾秒鐘之間，她心跳加速，所幸最終是杞人憂天。松井拐彎離去後，有村從矮樹叢中走出來。他似乎用一種悲傷的眼神看著倉澤，然後一語不發地回到那五十公分見方的陣地。

開車回家的路上，有村在區檢說的話不斷迴盪在倉澤的腦海中。

——倉澤檢事什麼都不懂。

14

久我上班時，那名橄欖球員體型的事務官和昨天一樣擋在審訊室前，防止他人闖入。不過，今天傳進耳裡的聲音有些不同。不知道從哪裡傳來水滴的聲音——是走廊另一頭的茶水間傳來那道聲響。

從水龍頭滴落的水就像打擊樂器一樣，在不鏽鋼板上滴答作響。久我蹲下，探頭查看水槽下的情況。他緩緩轉動水閥開關，尋找水滴節奏停止的點。

「你在做什麼？」

背後突然響起倉澤的聲音。久我嚇了一大跳，一回頭直接撞上水槽的邊緣。

好痛……

久我知道她正極力忍住笑意。

「好像漏水了，我想把它關上。」久我一邊起身一邊說。

「剛才我洗東西的時候也有發現。但不是我粗魯地轉水龍頭喔。從早上開始，就一直在滴水了。」

或許是因為缺乏運動還保持彆扭的姿勢，久我的腰部酥麻痠痛。為了不想再次被嘲笑，他便裝作什麼事都沒有發生。

「應該是老舊的緣故，不是因為妳的關係。妳可以去樓下的倉庫幫我拿工具箱嗎？」

「為什麼我一定要幫你跑腿？」倉澤和往常一樣投來盛氣凌人的目光。從她的態度可以看出，她完全沒有在反省昨天的事。

「因為，那個……我現在，腰有點痛。」聽到久我坦言，倉澤竊笑起來，丟下一句「那就沒辦法了」，便走下樓。

當倉澤拿回工具箱後，久我一隻手撐著腰，另一隻手從工具箱裡拿出螺絲起子。接著，他看了一眼水龍頭內側，轉動隱藏在裡面的螺絲，然後移除水龍頭的頂蓋。

「果然是橡膠墊片的問題。」他趕緊叫倉澤來看。

「有好幾處龜裂呢。」

「橡膠老舊就會失去彈性，然後承受不住水壓就會漏水。如果不趕緊更換，很快就會爆開。」

「喔——原來如此。要跟設備課的人說一聲嗎？」

「不用。我修理就好。」

「咦⁉」倉澤驚呼。

「如果是橡膠墊片，家居量販店也買得到。」久我一邊說，一邊把水龍頭恢復原狀。

「真是令人驚訝，久我前輩。你是怎麼知道這些的？」

「我家以前是開水管工程公司[17]的。或許是當了一輩子水管工的兒子，所以這些事自然而然就學會了。」如此說著的久我猛然發現，「當了一輩子水管工的兒子」，自己如今才第一次體認到這件事。

「所以說，現在家裡的事業已經沒有了嗎？」

「嗯，公司已經收了。父親在我國中二年級的時候去世，後來公司就關了。」

「原來如此。你父親很年輕就過世了呢。」

「四十五歲。」

倉澤像是哀悼似地低頭。

「那修理的技術也是從父親那學來的吧？」

「不，我只是有樣學樣而已。因為以前的家裡到處都有水龍頭。」

久我說完，便再次把頭探進水槽底下調整水閥開關。此時，身後響起熟悉的女性聲音。

「這不是久我嗎？你在這種地方做什麼呢？」

17 原文為「水道屋」，是負責水管相關設備的職人。工作內容廣泛，大至建案的供水排水系統與連接下水道、汙水池的規劃施工，小至廚房、浴廁及相關家電的水管安裝或漏水問題檢修。由於後續提到久我家以承包水管工程為主要服務項目，故譯為「水道工程公司」。

橫濱海關大樓有著女王塔的稱號。根據擺放在大廳的宣傳手冊上面記載，這是一棟戰前完工的歷史建築。

自有村離開鹿兒島以來，這是第一次因為工作來到警視廳管轄範圍之外的地方。宣傳手冊寫得很有趣，之所以海關大樓有女王塔的稱號，是因為還有國王塔（神奈川縣廳本廳）以及騎士塔（橫濱市開港紀念會館）。而這幾個稱呼都是來自那些出入港口的船員，這讓有村也想嘗試從海上眺望橫濱市區。

觀光的心情緩解了昨晚對倉澤的憤怒。即使跟監也沒有等到松井外出的遺憾也油然而生。話說回來，為什麼她會出現在那個地方？真是莫名其妙。我想這大概就是人們所說的『野馬』吧？或許久我檢事還在訓練這匹不知道怎麼走路的賽馬。

當有村獨自在大廳胡思亂想時，櫃檯的女性職員請他前往四樓的情報管理室，那裡有負責對外聯繫的職員。雖然被告知要透過設立在警察和海關之間的聯絡協議會，但在有村低頭拜託之下，終於得以閱覽橫濱港的卸貨記錄。

與有村見面的是一名女性職員，看上去似乎和有村的母親年齡相仿。她說她是一名記錄員。

「託運人是東京一家名為 WATASE CARGO 的公司吧？」她詢問之後，便輸入至電腦。大概等待了三分鐘後，她說：「我追溯過去五年的資料，只有三件貨物，全部都是在大黑埠頭卸貨。我現在印出來給你。」

根據記錄，去年九月、今年二月和七月時，從新加坡以貨櫃運送賓士車。發貨人的姓名是用英語拼寫的 Nguyen．Cong．Luan。

「會不會是越南人呢？因為越南有將近一半的人口都姓 Nguyen（阮）。」

有村說了聲「感謝幫忙」，就離開海關大樓，騎上黑金龜前往大黑埠頭。

當有村來到貨櫃碼頭，立刻看見好幾臺如同長頸鹿站姿一般的起重機。空氣中混雜著海風與船舶排放的柴油廢氣。

「你就去找稍微離倉庫群遠一點的，看起來最寒酸的小屋。」有村很快就找到女性記錄員所說的辦事處。他停好重機，把安全帽隨意掛在握把上後，一名牽著德國牧羊犬的職員靠近他。當那隻面容充滿壓迫力的大型犬靠近腳邊時，有村本能地縮了一下。

「你是從警視廳過來的人嗎？」

「是的，我是墨田警察署的有村誠司。」

「我是竹下。牠是約書亞，十二歲，雖然是公的，但很常被誤認是女生。」

被他這麼一說，有村發現約書亞有雙圓滾滾的眼睛。

竹下帶著有些苦惱的表情說：「警方派人來可不是一件好事啊。這表示我們這些海關職員很沒用吧。」

有村頓感惶恐。有些人會因為追尋真相而失去立場。

「對不起。」

「唉，你道什麼歉啊。我們都是混一口飯吃吧。你努力去做就好。」竹下的語氣充滿男子氣概。

他向有村介紹埠頭。昨天剛到的貨櫃堆在一棟雙層建築之中。竹下解開緝毒犬項圈上的牽繩，讓牠自由自在地工作。

「在這裡卸貨的三臺賓士車，可能藏有毒品。」

「完全沒發現啊。雖然緝毒犬大致上都能找出來……但以汽車來說，我的經驗是，如果東西藏在後車廂的話，緝毒犬就會立刻發現。如果能騙過狗的鼻子，我想會不會是藏在車體的懸吊系統[18]裡。」

「那是在車體的哪個部分呢？」

「就是車軸[19]附近的緩衝裝置，有好幾根空心的圓柱零件。以汽車來說，引擎的部分沒有任何空隙。」

「這很有幫助，我記住了。懸吊系統是吧？」有村禮貌性地鞠躬。

18 一種由彈簧、避震器和連桿所構成的車用系統，用於連接車輛與其車輪。一臺車輛的前輪與後輪懸吊設計有可能會使用不同設計。

19 貫穿兩側車輪中心，承受車身重量的圓柱形零件。

「你的武術教練是？」

「是柔道。」

「真神奇啊，我還以為肯定是劍道。因為你的大腿外側有肌肉，腳也沒有彎曲。」

「我原本很瘦小，就算鍛鍊也沒有長肌肉。不過，你很了解警察呢。」

「因為我爸是警察，也是個走路外八的柔道家。」

估計和追出課長一樣。

正當有村準備回程時，竹下進入辦事處，從冰箱拿出罐裝汽水。

「禮物。」

「謝謝。」

烈日之下，一道有如救星的寒氣在手掌中擴散。有村沒有當場打開，而是放進後背包。他想要在一個可以觀賞海港全景的地方享用。有村一發動引擎，約書亞突然跑了過來。或許是知道自己差點失去威信，牠抬頭用圓滾滾的瞳孔看著有村，發出了呼嚕聲。

15

突然造訪的人是常磐春子。

前福岡地檢檢事正。但是比起卸任時的頭銜，身為東京地檢特搜部第一位女性檢察官的經歷，在司法界更為知名。倉澤與她交換名片時顯得很緊張。

「我常聽聞常磐前輩的事蹟。我是倉澤。很榮幸可以見到您。」

「唉呀，妳就是那位瞳小姐吧。很棒的名字呢。」

久我此刻察覺到，常磐習慣稱讚初次見面的人的名字。因為她以前與久我見面時也是如此。

「久我，也給你一張我的名片吧。上面有我的手機號碼。」

「啊，好的，謝謝。」

「不是說謝謝就好。你還沒來過我的事務所打招呼呢。」

法人律師
二重橋法律事務所
理事長

久我認真看了看手裡的名片，上面寫著在「前檢座」界也是相當具有權威性的頭銜。

二重橋法律事務所是前檢事長中野榮一創立的事務所，旗下有超過百位律師。當中野屆齡退休時，選擇常磐擔任接班人。就連不太熟悉人事的久我也知道，那是檢察廳內眾人垂涎的位置。

「話說回來，您來這有什麼事嗎？」一聽見久我的疑問，她的目光便朝審訊室的方向望去。

「來……擾亂調查的。」

「原來如此。」

因逃稅嫌疑接受特搜調查的高津安秀，其辯護律師就是常磐。

「理事長還特地過來啊。」

「因為我收了大筆的委託費呀，總要先展示一下我工作的樣子。」她露出充滿商業氣息的客套笑容。

「但是那個肌肉男事務官不讓我進去審訊室。那位負責審問的田中博檢事甚至沒有露面。」

「也就是說，妳打算轉守為攻吧。」

「是啊，是很有挑戰性的案件呢。」常磐的說話方式極具暗示，或許她已經發現對方的把柄了。事實上，高津的自願偵訊即使來到第二天，也沒有進入逮捕階段。

「對了，我也有事要找你。」

「什麼事？」

「想和你特別商量一件事。手機號碼沒有換吧？」

久我點頭。

「那我近期會聯絡你的。」常磐拋下一句話，便匆匆離開茶水間。

倉澤雙眼發亮地盯著久我。

「幹嘛？」

「肯定是挖角啊。特別有件事要商量，還能有別的事嗎？」

「說什麼傻話。我從沒想過要當律師。」

「你才是說什麼傻話，可以跳槽到業界龍頭的二重橋法律事務所，超厲害的啊！客戶也多，如果不是檢事正等級還進不去呢。」倉澤的語氣決絕。

「會不會是高爾夫比賽缺人呢？」

「久我前輩，你打高爾夫嗎？」

「沒有。」

「還是釣魚船多出一個空位？」

「久我前輩，你釣魚嗎？」

「沒有。」

「啊——真是夠了！不要再岔開話題了。」

「我覺得妳想太多了。以我本身的經驗來看，只要對人事安排有所期待，就一定會遭到背叛。」

有村的猜測是正確的。

有村騎著黑金龜從橫濱直奔西新宿的東京都廳，在某間辦公室發現 Nguyen ·

Cong・Luan 這個名字。名字列在曾是外國人技能實習生[20]的越南人名簿中，實習地點是「松井板金」。如此一來，就能將運送賓士車至 WATASE CARGO 的 Nguyen，還有從河村的置物櫃發現毒品的松井聯繫在一起。

有村跨坐在黑金龜上，感到心潮澎湃。發動引擎前，他傳了訊息給久我、追出以及倉澤。

令人擔憂的是，墨田署生活安全課的動向。前往都廳的路上，追出傳來消息，說是想以非法持有和使用合成毒品的嫌疑，將河村的案件移送至檢察廳。

不知道他會不會等我。雖然河村已經死亡，但如果他不是毒販的話，就會是莫須有的罪名。他的遺族也會深受其害。

他騎上高速公路，只花二十分鐘便抵達日暮里。在訓練中心前看見松井的重機時，有村覺得今天的運氣真好。他把黑金龜藏在小巷，和昨天一樣來到烘焙店前，躲在夏日微風中搖曳的旗幟陰影處。但是，有人注意到他。

「這不是有村先生嗎？」某人向他搭話。武藤結花抱著長棍麵包走出烘焙店。

不能被發現正在跟監。因此他假裝高興地與她偶然相遇。

20　技能實習制度是一種培養外國籍技術人員的政策，讓外國人在日本企業中工作、學習技能，同時也能幫助日本企業解決勞動力缺乏等問題。

「先前去妳家打擾，真是不好意思。」

「不會不會，發生那種事也沒辦法。」

「那之後妳的情況如何？我看妳好像有頭痛的困擾。」

「是的，現在稍微好一點了。就算窩在家裡也只會情緒持續低落下去，所以久違地來訓練中心打幾拳。」她爽朗地說。細長眼尾優雅地下垂。

「用來打人好像會很痛呢。」

「這間店的長棍麵包只有內行人才知道喔。和正宗的法國麵包一樣，非常硬。」

據她所說，現在是結束運動後準備回練馬的路上，有村聽聞，頓時鬆了一口氣。

「是啊。」她笑了笑，但是笑容持續不到幾秒。

「我從省造哥那裡聽到一件令人驚訝的事。」

「是友之的事嗎？」

「是的，真讓我不敢相信。他竟然是毒品販子。聽說省造哥被警方指控，訓練中心是走私的據點。」

有村陷入沉默。他不能洩漏調查訊息。

「對不起，不小心說了一些很像在說警察壞話的事。我忘了有村先生也是警察。」

「請不用介意。對了，如果妳還有想起什麼的話，就請妳打這支電話。」有村拿出一枝筆，在名片背面寫下手機號碼後遞給武藤。武藤接過名片，收進手提包裡。此時，有村瞥見包包裡有一個迷你拳擊手套。和友之的箱型公事包裡發現的鑰匙圈相同。

「好迷你的手套啊。」有村問。

「啊，你是說這個嗎？」她拿出化妝包。紅色手套如同櫻桃一樣懸掛在化妝包上搖擺著。「我記得大概是半年前，省造哥送給我的。這是訓練中心成立二十周年的紀念品。」

「真是個很可愛的手套呢。」有村和顏悅色地回應，盡可能不被腦海中浮現的猜疑分散注意。

16

久我午餐過後回到區檢，發現前庭的景色大變，彷彿能感覺到空氣因人數眾多而振動。手持攝影機與麥克風的人，手臂上都配戴著採訪臂章。電視臺的轉播車接連堵住狹窄的道路。平常總是悠閒站著的警衛，正試圖將媒體人員趕出區檢用地。

久我從口袋拿出手機，打電話給倉澤。

「妳在辦公室嗎？」

「是的，我在。久我前輩呢？」

「被堵在門口啦。」

「雖然我想透過窗戶看看外面情況，但這麼做有可能被媒體拍到，所以還是算了。」

「發生什麼事了？」

「好像是高津在這裡接受審訊的消息走漏了。某間報社發出快報，隨後就引發騷動。」

「田中博的反應呢？」

「還關在審訊室裡。什麼都不知道。」

久我掛掉電話後，把手放在西裝領子上的檢察官徽章。如果記者們看見，應該會誤認為他是特搜部的人。當他轉身試圖摘下徽章時，一張熟悉的臉孔映入眼簾；是那位橄欖球員體型的事務官，名為野邊的男人。

「久我檢事，抱歉了。」他突然道歉，然後抓住久我的手。

「請您跟我走一趟。」

「去哪裡？」

「本廳。」

「你在模仿什麼？這是……民族舞蹈嗎？」久我試圖甩開事務官的手，但他絲毫沒有動搖。

「請您配合，我不想動粗。」

「到底是什麼事？」

「我不能說。」

「我哪都不去。」

「那會很困擾。請您跟我走一趟。我不想對您做出更失禮的事。」

久我一路被壯漢拖著走回街道上，然後被迫坐上停在淺草寺岔路的汽車後座。

「我被逮捕了嗎？」

野邊似乎尷尬地望著窗外。

「我什麼都不知道。」

倉澤獨自在區檢的檢察官室裡看電視。看實況轉播報導此刻樓下的情況，感覺很奇怪。

以演藝圈鐵腕管理人著名的高津安秀，其傲骨的銳利眼神讓人聯想到軍人。他絲毫不畏懼記者和攝影師，挺直腰桿向前邁進。當他坐進迎接的車輛時，閃光燈幾乎讓電視的畫面變白。

一直無法和久我取得聯繫。雖然撥打好幾次電話，但都轉成語音信箱。他究竟去哪了？倉澤最近開始注意到一些關於久我的事。任職一年半以來，朝夕相處的指導員感覺不像法律工作者，反而在審訊調查方面散發某種專業氣息。

如何錄製口供，如何讓對方招供，如何引導出真相。即使有機會和其他前輩一起工作，也幾乎沒聽說過這些話題。然而，久我偶爾會給出充滿暗示的指導，卻又帶有一點哲學性，例如：「語言有時會成為隱藏真相的工具」，這意味著嫌疑人的說詞越是論點明確，越該對他的論點抱持懷疑態度。

由此看來，倉澤認為最可疑的是武藤結花，因為她的證詞太完美；完美到令人起疑。再重新看一次有村的筆記，也能發現她在偵訊時巧妙避開核心話題。她任職的商品貿易公司「NICHIHI」，以及河村擔任社長的「AUDIENCE」，兩者皆位於日本橋地區，而她對此沒有更多描述。這應該不是一句偶然就能夠帶過的連結點吧？

而且加入訓練中心的理由也很可疑。說是因為害怕搭乘地鐵，所以改搭山手線通勤，偶然看見訓練中心的看板。兩個偶然。不可能。

難道她才是為了隱藏真相而操控語言的人嗎？

若是如此，那麼忍受良心苛責，只說一半真話蒙騙他人的我可愛多了。

「聽說他下令重審久我前輩調來區檢後處理過的案件。」

這句話說得好像自己不是小橋的間諜。

很多嫌疑人會吐露一半真相來試圖掩飾更重要的事，這也是久我教過我的。不知道為什麼，明明是非常值得信賴的前輩，而我卻正在背叛他。

17

久我與野邊搭乘地檢廳的貨用電梯，來到刑事部的審訊室。意料之中的那位人士正等候他們到來。

是五年未見的小橋克也。他的頭髮變得稀疏，有那麼幾秒鐘的時間，久我完全沒有重逢的感覺。

「好久不見了，久我前輩。」

「有什麼事？這是在開我玩笑嗎？」久我環視室內。

「會議室目前客滿了。」

「你想找碴嗎？」

「您要怎麼想都行，但您這種態度有可能會讓您被貶到更偏僻的地方喔。」

「你是在威脅我嗎？」

「我只是闡述事實。」

「有話快說。」

久我傲慢地翹起腳，雖然不是刻意模仿，但在審訊室裡扮演暴力集團成員的話，有可能讓刑警氣到中止審訊。

「福地部長大發雷霆啊。洩漏高津在區檢接受審訊的人，難道不是久我前輩嗎？」久我對這愚蠢的指控感到詫異，不禁仰望天花板。「我那麼做可以得到什麼好處嗎？」

「就是想反抗吧。因為沒有入選特搜部……我說得沒錯吧？」

「你認真？」

「我很認真喔。此外，再加上你在組織裡被冷淡對待。跟你相同年資的人當中，沒有人只做區檢的工作。你難道沒有心生怨懟嗎？」

「別開玩笑了！」

小橋咧嘴一笑，可能是能說出心裡話而感到心滿意足，例如：「你只是被晾在一旁的可憐人，一定很悲慘吧。」

「你有洩漏機密的嫌疑。」

「你有證據嗎？」

「沒有。如果有，你會立刻被解雇然後遭刑事起訴吧。你很清楚過往判例吧？」

「到底在說什麼傻話。」久我把臉轉向一旁。

「傻話？我不會假裝沒聽見。我會如實向福地部長稟報的。久我前輩，你似乎還不明白自己的處境。如果高津先生一氣之下拒絕露面，就沒辦法繼續追查。這可能會毀掉這樁高公益性[21]的調查喔。」

「你不僅把什麼都沒做的人當成罪犯，還想要說教？」

「這是性格惡劣的嫌犯在否認時常說的話呢。」

「隨便你怎麼說。」

「還不認罪嗎？」

「是啊，我不認罪。」

「之後如果找到證據，你的處分會變得更重喔。」小橋一副得意的表情。難道是因為組織內部的地位與成功，造就人性如此醜惡嗎？久我覺得難以理解，也感到毛骨悚然。

「問完了嗎？」

「是的，我會向福地部長稟報，你以沒有證據為由否認嫌疑。」

「我明白了。不管是洩漏機密還是嫌犯，只要你拿得出證據都隨便你！」久我起身說道，「能讓我走了吧。」

小橋一臉惋惜，估計是覺得消遣的時間結束了。

---

21 公益性係屬不確定之抽象法律概念。法律上所稱「公益」，並非抽象地屬於統治團體或其中某一群人之利益，更非執政者、立法者或官僚體系本身之利益，亦非政治社會中各個成員利益之總和，而係各個成員之事實上利益，經由複雜交互影響過程所形成理想整合之狀態。

當久我觸碰到門把時，背後傳來一陣竊笑的聲音，於是停下動作。

「你這一生都待在隅田川分室撿垃圾就好了。」

久我拚命忍住回頭的欲望，離開審訊室。

倉澤快步走下區檢的樓梯，似乎想排解心中的焦躁。她的目的地是武藤結花居住的練馬。她轉乘電車，在冠上遊樂園之名的私鐵[22]車站下車時已經是日暮時分。

倉澤在車上用手機查了一下，確認結花的父親武藤稔是都議會議員，曾任職於都廳很長一段時間，他在福祉局局長的任期結束後，才轉進議會。在參觀有村說的「並非豪宅的簡樸民宅」前，倉澤決定先去逛逛附近的商店街。她發現好幾間店門口都張貼著稔所屬的保守派政黨的海報。由於他們很高機率是支持者，因此倉澤也期盼他們很了解結花的事。

她首先進入一間酒類零售店。看中貼著折扣標籤的義大利紅酒，拿了一瓶走到收銀臺；用現金支付的同時，詢問那位看似店長的中年男性。

「如果說到這附近的都議員，應該是武藤先生吧？」

「對啊，這個城鎮的在地人呢。」男人微笑地說。「妳再往前走，第三間的壽司店

22 又稱民鐵，是指由私有或民營企業經營的鐵路運輸系統。

二樓有後援會辦公室。」

「不不不，我不是想去後援會辦公室。」

「這樣啊。」

「我想請教關於他女兒的事……」

「喔喔，結花小姐嗎？」

「是的，聽說是獨生女。是什麼樣的人呢？」

「什麼樣的人？嗯……」

倉澤來到第二間花店，買了一株有著鮮豔藍色花瓣、相當搶眼的龍膽。她把一樣的問題丟給中年老闆，但只得到一句冷淡地回答：「女兒嗎？話說回來，選舉時也沒見過呢。」說完便沒有繼續說下去。

緊接著，她來到蔬果店買了一袋草莓。趁著女性店員替她包裝時打聽結花的事，得知結花與家鄉的人不常往來。「我記得她是讀區外的私立小學和國中，而且這附近也沒有像是她朋友的人。」

倉澤陸續在文具店購買原子筆，服飾店購買手帕，佛具店購買線香等完全不需要的商品。然而商品雖然小，但也漸漸塞滿環保袋，變得越來越重。最重要的是，有關結花的情報並沒有增加。作為政治家的女兒，會如此低調嗎？

或許是因為四處奔走，倉澤比平常還要早感受到飢餓。輕食咖啡廳的看板映入眼簾，她便走上樓梯。而當她一踏進店裡，立刻就充滿期待；她看見收銀臺旁邊擺放著武藤稔的宣傳冊。

當年輕店員端來蛋包飯時，倉澤找到最佳時機提問。

「是說，武藤先生是很偉大的人嗎？」

「咦？武藤先生是……？」

店員似乎對選舉完全沒有興趣。看來又是白跑一趟，倉澤一邊想著放棄，一邊吃完蛋包飯。在收銀臺支付了九百圓，收好錢包走出店外時，發現巷子深處有一間洗衣店。牆壁和窗戶上貼滿了多個政黨的海報。倉澤往裡面瞧了一眼，看見櫃檯後方有一名微胖的高齡女性。她正盯著電視上職業棒球的轉播。

「不好意思。」

當倉澤出聲打招呼時，她一邊起身一邊呢喃著「啊啊，今天也不行啊」，像是支持的隊伍失分一樣。

「來了來了，歡迎光臨。」

「請問可以占用妳一些時間嗎？」

「是什麼推銷嗎？」她困惑地皺起眉頭。

「不是不是，我想詢問一下店外那些海報的事情。」

「嗯，怎麼了嗎？」

「我看到貼了很多政黨海報呢。」

「對啊，我貼了很多。做我這行的，只要客人拜託的話沒辦法拒絕呀。做了超過四十年，我家的玻璃窗就變成那樣了。不對，從這間店剛開幕就開始貼了，應該是五十年……就算是這樣，區區洗衣店也沒有從那些政治人物身上得到任何好處啊。」

她滔滔不絕。看樣子似乎很健談，倉澤鬆了一口氣。即使沒有拿著待洗衣物前來也無所謂的樣子。

「我知道了，妳是有支持某個政黨，或是信奉哪個宗教吧？」

倉澤微笑著委婉否認。雖說如此，卻也不知道該如何說明自己的立場。總之先以「街訪調查」這個稱不上是謊言的名目敷衍。然而，不知道為什麼對方十分理解。

「原來妳是調查員啊。」

雖然不知道調查員是什麼，但倉澤肯定她的說法，緊接著探聽：「妳知道都議會議員武藤稔先生有一個女兒嗎？」

「哎呀，徵信社的人這樣問，是不是終於找到女婿了？」

「不是，我不能透露任何情報。」

倉澤假笑著岔開話題，女人用更加好奇的眼神看著倉澤。

「對方家裡會僱用調查員也不無可能啊。」

「怎麼說呢？」

「畢竟，她是謎樣的女兒啊。」

「謎樣的女兒？」

「這附近的人都這樣叫她。因為根本不知道她都在做什麼。」

「原來如此。」

「因為是議員的女兒，總覺得很可憐。每次選舉都會傳出奇怪的謠言，像是高中被退學啦，或是加入不良集團到處遊玩之類的。雖然是東京，但這附近的商店街一直都是小村莊啊，人際關係很受限呢。我阿姨是東北人，剛嫁到這裡的時候也嚇了一跳呢，說這裡跟鄉下一樣。」

倉澤瞥見電視上的棒球轉播，畫面顯示一支仙台的棒球隊。

「很令人驚訝呢。高中輟，還加入不良集團嗎？」

「我覺得那是胡說的。那麼漂亮的一個女孩，卻被那些來我這裡貼海報的人造謠，真是過分啊。」女人越說越起勁。

「因為幾乎沒有露面，也有人說她離家出走，或是去國外留學。啊，對了對了，還有人說她去拍下流的影片。唉，人的嘴巴真是……」

回程時搭乘的私鐵或許是錯開尖峰時段，倉澤得以舒適地坐在座位上。當她把環保袋放在膝蓋上時，可以感受到在酒類零售店購買的義大利紅酒瓶的堅硬觸感。她突然想起一句臺詞，那是以二戰時期的義大利小村落為背景的老電影。

紅酒正在睡覺。如果發出太大的聲音就會把它吵醒。

正當村民為了不讓德軍搶奪紅酒，進行藏匿作業時，看守儲藏室的老人對著大聲咆哮且盛氣凌人的村長如此說道。

倉澤回想那些沒有獲得重要情報的「調查」。會有村民對著陌生的旅人無話不談嗎？或許是自己沒能喚醒沉睡中的紅酒吧。

18

根據手機上的新聞網站報導，颱風正通過南九州。似乎是相當強的颱風，距離千里遠的東京，夜裡也時不時颳起強風。雖然有村自己提心弔膽地躲在烘焙店看板後方，但心裡仍掛念雙親是否平安無恙。

鹿兒島老家的梁柱，比起在東京的木造住宅看到的還要粗兩倍。但他很擔心小倉庫。正月回老家時，屋瓦有些地方已經剝落，他還爬梯子到閣樓幫忙清理曾經放蠶架的地方。

有村剛入警校不久，父親便放棄養蠶。因為腰痛的關係，光是下田就已經精疲力盡，根本沒有餘力可以養蠶。而這幾乎都是哥哥的錯。要是他沒有經營居酒屋，而是繼承家業、繼續務農的話，就不會為債所困，父親也不用放棄養蠶了。

突然，他想到都市人應該都不知道蠶摸起來的觸感。幼蟲的皮膚光滑，摸起來就跟絲綢布料一樣。如果不當警察改為繼承家業的話，有村決意要重新開始養蠶。

跟監超過六個小時，松井依舊沒有現身。訓練中心早已過了下班時間。每當會員離開時，有村都會仔細觀察，應該沒有看漏的可能；但是隨著時間經過，變得越來越疑神疑鬼，腿和腰也很痠痛。

當有村拿起手機，打算再次查詢颱風情報時，訓練中心的電燈從二樓、一樓相繼熄滅。渡瀨省造和松井一起從正門的出入口走出來。有村的腎上腺素瞬間飆升。

省造往車站方向離去，松井則是慢慢靠近停在訓練中心牆邊的中型重機。有村躡手躡腳回到停放黑金龜的小巷子，跨坐到座墊，戴起安全帽，扣上安全帽帶。

如果聽見引擎聲，就是開始的信號。

晚上剛過十點，倉澤淋浴時，依稀聽見訊息通知的聲音。因為她正納悶久我和有村還沒有任何消息，所以把手機放在浴室外脫衣間的換洗衣物上。

走出浴室後，她用浴巾擦拭頭髮、裹住身體後，便拿起手機。發信人是有村。

不知道是不是沒有時間打字，內容只有一堆短語。

追蹤中

小菅交流道前

等紅燈

往高速公路
明天拜訪
必須和倉澤檢事算帳（笑）

她感覺被最後一句救贖。他似乎願意原諒這個嘲諷巡查身分的女人。他現在是否騎著重機，在高速公路上緊盯著松井呢？倉澤在心中暗自幫他信心喊話，也期待著明天見面。

現在有超速嗎？有村的擔憂在上了高速公路後立刻成為現實。松井的重機不斷加速。如果要保持距離追趕的話，那個男人的身影恐怕會變得越來越小。

超過時速一百二十公里的話，黑金龜就會發出悲鳴似地巨大排氣聲。到底是哪一年出產的重機啦？搞不好比自己還要年長。車體已經震動到無論何時輪胎脫落都不意外的程度了。

當有村從首都高速公路進入關越高速公路[23]時，終於稍微鬆了一口氣；因為他幾乎掌握松井的去向。一定是去群馬藤岡交流道附近的WATASE CARGO維修工廠。如果是那

23 連接東京與新潟縣的高速公路，起於日本東京都練馬區練馬交流道，經埼玉縣、群馬縣，至新潟縣長岡市長岡系統交流道。

裡，那麼即使輪胎脫落摔車，只要還活著就能發送訊息。保護頭部就好了。有村一邊思考著摔車時的對應方式，一邊催動油門。

黑金龜勉強忍受一個多小時的高速奔馳。松井的重機如同預料中，在藤岡交流道車體向左傾斜，騎下車道。有村放慢速度，拉開尾隨距離。他知道目的地的門牌，所以從容不迫。

WATASE維修工廠位於環繞水庫的道路旁，占地寬廣的工廠，不僅後方有農田，還有四、五輛待售的大型貨車。當有村騎著黑金龜經過時，看見松井的重機就停放在工廠前。

有村首先來到水庫的堤防，找到一片理想的人行道灌木叢，然後把黑金龜藏在其中。對於帶著熱血持續奔走的他來說，森林浴是很好的休息選擇。發現松井和WATASE之間的聯繫，也讓他有時間思考其他瑣事。

有村逐漸看清從新加坡開始走私毒品的藍圖。曾在松井老家工作的技能實習生Nguyen．Cong．Luan，把東西藏在賓士車後船運過來。將在橫濱港卸貨的車輛運到此處，再把車子解體，拿出毒品。松井老家的工廠是最佳路線之一。

有村從圍牆外觀察四周。雖然工廠的對開鐵門緊閉，但旁邊有扇半開的側門，估計是松井進出的路徑。有村選擇藏進一輛待售貨車的載貨平臺，一抬頭就能仔細觀察那道側門。

不久，拿著鐵鏟的松井開門走了出來。他繞到工廠後方，有村看不見他的身影。根據橫濱海關的紀錄，最近一次卸貨中古賓士車是在一個月前的七月。即使現在藏在工廠的某處也不足為奇。有村回想起海關職員竹下說過的話。

如果能騙過緝毒犬的鼻子，那麼東西有可能被藏在懸吊系統裡。

大約經過三十分鐘，松井從工廠後方現身，拿著鐵鏟進入工廠。他一定是在後面做了什麼，然後現在把鐵鏟放回原位。沒過多久松井又走了出來，從口袋拿出鑰匙，把側門上鎖。這麼說來，有人給他那把鑰匙。除了社長渡瀨勝美之外，想不到其他人選。

松井發動引擎後離去。有村終於等到行動時機，他一邊感受到心跳加速，一邊繞到工廠後方。有一輛蓋著罩布的小客車停放在此。拿開罩布後，露出了白色的車身；不是賓士車，而是ＳＵＶ休旅車。

有村有些驚訝，回想起在松井老家觸碰裝有白色塗料的一斗罐時的觸感，同時間，他連結到某個畫面。這不是在銀座搶劫現金的歹徒所使用的車嗎？他蹲下確認後輪，發現了能判斷這是通緝車輛的記號；就是車輪輪框上有道鋸齒狀的雷紋刮痕。不知道有多少次，有村不甘心地盯著尋求目擊情報的派出所布告欄上張貼的海報。犯案時的車身是深藍色，肯定重新上過漆了。終於知道為什麼他們能夠躲避警方的緊急部署。

有村直覺必須拍照留存，但他不小心把裝有相機的後背包遺忘在貨車的載貨平臺。於是他從口袋拿出手機，拍攝車體的後半部，以便完整的車輪入鏡。然後刻不容緩地附加訊息傳給倉澤。

就在他專注在手機上時，突然有某個東西攻擊他的側腹，劇烈的疼痛襲來；緊接著在眉間、心窩、下巴都遭到連續打擊，還沒來得及還手便失去全身力氣。倒下時，他的眼角閃過松井猙獰的臉。

「混帳！你以為我不會發現嗎？竟像個跟屁蟲緊追不放。」

叫罵聲不斷迴盪，有村從地上被抓起後又挨了好幾拳。血液形成好幾顆球狀，飛濺四周；視力逐漸模糊，慢慢失去知覺，最終眼前一片漆黑。

第三章　十萬火急，雷

1

儘管連續喝了三間居酒屋，回家時爛醉如泥，久我卻仍然睡不好。即使入睡，也會看見不斷變化表情的小橋入夢。

多香子和菜穗的笑聲突然潛入夢境，久我睜開雙眼。當他看見從東邊窗戶照射進來的陽光時，才終於意識到自己已經離開本廳的漆黑審訊室。他感受到額頭滲出冷汗，一方面也鬆了一口氣。他從棉被中撐起半個身體時，太陽穴傳來一陣刺痛。酒意未退，他沒有洗臉就蹣跚地走到餐桌前坐下。

當他看見菜穗把生雞蛋加進白飯中攪拌時，瞬間覺得噁心想吐。「嘔！」

「哇，好臭！媽，醉鬼醒了啦！」菜穗說道。

多香子從陽臺走進來，似乎正在晾衣服。「要喝咖啡嗎？」

「拜託了。」久我感受到某種東西正從胃裡緩緩上升，努力擠出聲音。

「周平你昨晚一直說夢話，發生什麼事了嗎？」

「夢話？」

「隨便你怎麼『散播』筆錄，混帳東西……之類的。」菜穗回答。

久我意識到自己在夢中的審訊室怒吼小橋。

「所以，筆錄是用『散播』的？」

她向父親請教搜查術語。

「聽起來有點像播種呢。」

雖然久我知道用漢字寫的話是「散播」，但好像也可以是菜穗說的「播種」[1]。

「嗯，或許就是那樣吧。」

從嫌犯和關係人那裡取得的筆錄，不僅能成為審判時的證據，有時也能成為發現隱密犯罪的線索。從這個層面來看，的確是種子。

久我的腦中突然浮現米勒[2]的《播種者》（*The Sower*）。那是一幅男性農民手中抓住種子向後擺動，試圖讓農作物隨著他的足跡生長的畫作。就在他不合時宜地陶醉於名畫中的景象時，猛然想起從昨晚開始就沒有再看過手機。

1　這是檢調單位的專門術語，使用『調書を巻く』來表示『製作筆錄』，但一般狀況下，巻く並無此意思。由於散播（巻く）和播種（蒔く）都念作maku，此處因為菜穗只聽到音，並不確定漢字如何書寫，所以向久我詢問。

2　尚─法蘭索瓦．米勒（Jean-François Millet，1814─1875），法國畫家，以寫實手法描繪的鄉村風俗畫聞名法國畫壇，被認為是寫實主義藝術運動的參與者。代表作有《拾穗》、《晚禱》等。

久我走到臥室，搜索西裝口袋。一看手機，情況如他所料。螢幕上充滿倉澤的未接來電通知。

不知道有什麼事。久我回撥後，立刻聽見她的怒吼。

「為什麼出大事的時候都找不到人！」

久我和倉澤沒有前往區檢，而是趕往墨田署的刑事部門。他們只接收到有村陷入昏迷的消息。一看見追出，倉澤立刻詢問。

「有村脫險了嗎？」

「醫生說今天是危險期。」

「現在情況如何？」

「腦部腫脹。三根肋骨骨折下顎撕裂性骨折，還有因為內臟出血進行了緊急手術。直到剛剛才結束手術……可惡，怎麼會發生這種事。」追出悲憤地咬唇。

聽說是一位男性農民在凌晨時前往維修廠後方的農田檢查供水，發現了倒臥在血泊中的有村，幫忙叫來救護車。

「昨天晚上，有村傳了訊息給我。」

倉澤拿出手機，叫出一張白色車輛的照片。

「只有照到車身後半部。有村的用意是什麼？」久我滿頭疑惑。

「不知道。而且訊息內容更是意義不明。」

倉澤向久我展示內容極短的簡訊。上面寫著：

十萬火急，雷

雷是什麼意思？總不可能是來信通知天氣驟變吧。前面寫了十萬火急，表示後面應該是打算再說些什麼。但是在這之前就遭到松井襲擊。

「有村應該是拍下這臺車之後，就立刻被松井發現了吧。」倉澤低語，似乎在思考同一件事。

追出的眉頭一皺，像是察覺到了什麼，拿出手機開始和目前在工廠的群馬縣警的搜查員通話。「對，那裡。就在砂漿牆前面。白色的汽車。咦？果然沒有嗎……」

看來從現場消失的不只有前拳擊選手和重機。松井估計是駕駛白色汽車載著重機逃逸了。

倉澤反覆看著照片，然後說：「很遺憾，沒有照到車牌。」

「可惡，那傢伙太不謹慎了！」追出彷彿在斥責不在面前的弟子似地說道。

「總之，如果光靠照一半的照片也能鎖定車種的話，就能緊急部署。要是他是利用高速公路逃逸，應該也會被交通攝影機拍下來。」久我提出建議。

「好，我試試。我馬上跟科搜研[3]提出緊急委託。」

「拜託你了。」久我點點頭，他把自從收到有村的命危通知起就一直盤旋在腦海中的問題，趕緊下了結論。雖然稍微違反平時的搜查過程，但他還是開口：「去申請松井的拘票吧。」

倉澤顯露出疑惑的表情。只要是法律工作者都會對此感到困惑。「但是，要用什麼名義申請？如果要證明他的施暴行為，我們什麼證據都沒有……更何況有村也還沒醒，沒辦法取得被害者筆錄。」

「不是有倉澤妳嗎？」

她發出小小一聲「啊」。有村上高速公路前，有傳來追捕松井的訊息。「也就是說，用我的供述來提供『表面證據』對吧？」

久我點頭。表面證據是「廣義的證據」。無論在刑事或民事上，試圖證明事實時，不太可能總是能取得確鑿的證據。舉例來說，雖然可以尋找目睹松井施暴過程的目擊證人，但機會渺茫。不過，訴訟制度也沒有嚴謹到使人直接放棄的程度，只要能證明施暴是合理的推論，法官就可以考慮緊急性等要素，簽發拘票——這就是久我打算做的事。

3 全名為「科學搜查研究所」，隸屬於日本都道府縣警察總局的刑事部，配合搜查部門，以科學的方式進行研究與鑑定，如檢驗血液、毛髮、指紋、聲紋，或是災害事故的肇因查明與狀況評估等。

「追出，你可以製作倉澤的筆錄吧？」

「現在就可以。」他轉身去拿紙筆。

倉澤一邊思考一邊問：「對他的指控是妨害公務和傷害嗎？」

「說什麼傻話！當然是殺人未遂。有村可是快死了啊。」

久我把壓抑已久的情緒一口氣吐出。

倉澤緊閉雙唇，並沒有像平時那樣回嘴。想必有村的悲慘命運已經回答了一切。

「現在不是我悲嘆的時候。我要去製作一份讓法官一秒簽發拘票的生動筆錄。」

倉澤說完，便前往追出所在的審訊室。

2

時間剛過下午一點，追出和倉澤乘坐警車進入位於霞關的地方裁判所停車場。在走廊等待大約二十分鐘，書記官帶領兩人前往傳票部的法官辦公室。

值班的是名為宮原的法官，倉澤想起他的風評，據說是一名對檢察官和律師都很直接的法官。然而宮原開口的第一句話，就讓兩人花費好幾個小時的辛勞化為虛無。「我不會簽的。這個案件的證據不充分。」

倉澤瞬間一股怒火衝上腦門。「宮原法官，您是什麼意思？」

她提高音量並向前傾身，追出則是退後了一步；倉澤以為這意味著追出把一切都託付給自己。但法官十分狡猾。

「申請拘票的人是你吧？追出警部。」

「是的，我是墨田署的刑事課長。但是我不擅長法律問題，所以請一位專家陪同。」

意想不到的回答讓法官的嚴肅表情有些動搖。交涉的主導權又回到倉澤身上。

「我除了是指揮調查的人，也是申請拘票時所提及的證人。這是一名警察在跟監時遭到嫌疑人襲擊的案件。請允許我在此發言。」

「我明白了。那麼倉澤檢事，不對，證人，如果妳對我的判斷有任何意見，都可以發問。只是占用一些時間的話，現在就可以聽妳說。」

「感謝您的體諒。」雖然倉澤怒火中燒，但還是先冷靜有禮地開始「辯論」。

「那我就直說了。由於被害者，有村誠司目前是命危狀態，所以還沒有取得他的證詞。但是，我認為提出的書面證據，已經足以推測松井是唯一的嫌疑人。請問還有哪裡不足呢？」

「看來要我直說妳才會明白呢。當然是直接證據。妳提出的那些證據要在法律上用來限制一位國民是完全不夠的。」

預料之中的回答。倉澤已經準備好反駁。「有村巡查尾隨松井的意圖十分明顯，應該足以合理推測。」

「並非如此。我一直對於用合理推測來簽發拘票的行為持有疑慮，而這正符合這次的案件啊。雖然巡查的尾隨行為是事實，但是並沒有直接證據能證明當時松井就在工廠裡。」

「您說的直接證據，是指物證嗎？像是兩個人互毆時，飛濺到對方身上的血？」

「沒錯。如果雙方的身體上，殘留著能夠說明某種行為的情報，就可以當作是直接證據。」

「是嗎？」倉澤加強語氣，「暫且不談DNA鑑定，裁判所過去只因為血型一致而簽發的拘票應該有無數張，您覺得全日本會有多少A型血的人呢？」

「有時確實會因為法官的自由心證[4]，而多少改變證據的價值。」

「那麼請問宮原法官，您的心證又是如何呢？」

「當然，所有人都會認為松井這個人很可疑，但同時我也認為他還沒有超越可疑的範圍。」

「您有看見那張腳印的照片嗎？」

倉澤不肯罷休。那是群馬縣警的鑑識課在倉澤與追出抵達裁判所前傳來的照片。有

4 所謂「心證」是指法官斟酌全案辯論內容及調查證據結果後，所得到的結論。而自由心證的重點在於賦予法官獨立判斷空間，不受不當干擾。

村倒臥的地點附近只有兩個人的足跡。

但是宮原直言不諱地回答：「沒有證據可以證明其中有屬於松井的鞋印。」

「松井很明顯進入工廠用地。用簡單的刪去法不就知道了嗎？可以推測出那是屬於松井的鞋印。能否請您重新思考一下？」

「請不要強人所難。我要的是直接證據。更重要的是，沒有受害者申告是不夠的。」不夠？這句話聽起來像是在責怪有村，倉澤抑制不住自己的情緒。「他還躺在加護病房裡，就算想說話也辦不到啊！」

「那麼就等到他能說話的時候吧。」

「啪」的一聲，倉澤突然用雙手往法官的桌子一拍。宮原大吃一驚，身體稍微向後仰，追出和書記官也愣住了。倉澤不顧一切地提高音量說：「只根據間接證據來認定事實的案例不只有拘票而已！有很多刑事判決都是沒有直接證據而直接宣判有罪的吧！」

「所以我才想要避免那種事情發生！」法官的語氣也漸漸變得尖銳。但是倉澤沒有退縮。

「請您重新考慮！」

「妳是不滿我的決定嗎？」

「不是不滿。是請求。」

「我的工作不是像神社那樣傾聽祈求的。」

「請您簽發拘票。」

「不行。」

「我不能接受。」

「不能接受的話就請回吧。」

「不，我不回去。」

雙方的爭論似乎看不到盡頭。

3

久我回到區檢，通知他拘票申請被駁回的人並不是倉澤。焦急等候的結果，是話筒另一頭傳來小橋克也的聲音。

「你這次又做了什麼？裁判所那邊都來抱怨了喔。」久我用時不到一秒就推測出結果。「是倉澤糾纏不休嗎？」

「是地裁代理的申訴呢。聽說她賴在傳票部不走。」

地裁代理所長是由法官就任的行政職位，相當於地裁的副所長；就任期間會暫停法官的事務。

久我對此提出質問。「行政職為什麼能申訴現場發生的事？違反規定了吧？」

「因為耽誤法官的時間啊。而且也不是四處說拘票的內容。因為是有關裁判所的事務，當然會抱怨吧。」

雖然對於小橋瞧不起人的說詞感到不悅，但久我沒有掛斷電話。

「不是應該誇獎一下，敢對法官的判斷提出疑慮的倉澤嗎？有哪個檢察官會因為爭論被說成是浪費時間，就點頭接受的？」

「竟然來這招嗎！真是有自信啊，你還不明白自己的立場嗎？」不知道為什麼，小橋的語氣聽起來很雀躍。但他的下一句話便解答久我的疑惑。

「看來我得向次席檢事報告了呢。」

想必他很開心能藉機與高層會面，然後興沖沖地連絡祕書預約時間。

「我先提醒你一句。是我讓倉澤去申請拘票的，不需要由她來承擔責任。」

話筒另一頭傳來竊笑聲。「袒護部下的上司嗎？你還真是個老實人啊。明明完全不了解她。」

久我的內心受到不小的衝擊。

「也罷，看來必須思考一下你之後的待遇了。畢竟還有洩漏特搜機密的案件……」

小橋還在持續說話，但久我一語不發地把話筒放到一旁。

倉澤沒有乘坐返回警署的警車。她失望地目送追出乘車離去後，拿出手機撥打電話。

只響了一聲，小橋便接起來電。他聽起來是臨時接獲無法抽身的工作，希望倉澤等候大約一個小時。於是倉澤在霞關官廳街[5]打發時間，之後便按照約定時間，來到位於日比谷公園裡的咖啡廳。

樹影恰巧倒映在窗邊的空位上。當倉澤獨自入座時，突然想起希區考克[6]的電影《電話謀殺案》[7]中的一幕。一個用金錢相逼，一步步迫使對方殺害自己妻子的男人，輕蔑地對著被迫殺人的凶手低語：

被鞭子抽打屁股，鼻子前方還懸掛胡蘿蔔的驢子是沒辦法後退的。

鞭子意味著被掌握弱點，胡蘿蔔則表示金錢。倉澤十分了解驢子的心情。

那是前往本廳接受裁決時的事。小橋一邊翻看卷宗，一邊若無其事地說：「妳真是優秀啊。和平時一樣，沒有什麼可挑剔的。派妳去地方簡直是浪費人才。」

倉澤感受到心臟怦怦跳動。然而小橋的下一句話卻遠遠超出她的期待。「這話我只跟妳說，春天的人事異動後，法總研[8]就會有空缺，是國際法規的研究職。我想舉薦妳，

5 官廳街是指政府機構聚集的區域，其中霞關尤為重要，因為霞關是中央機構的聚集地，附近有國會議事堂、首相官邸、議員會館等。
6 亞佛烈德．希區考克（Alfred Hitchcock，1899—1980），是一位英國電影導演及製片人，被稱為「懸疑電影大師」。
7 《電話謀殺案》（*Dial M for Murder*）是一部一九五四年上映的美國犯罪驚悚片。
8 全名為「法務總合研究所」，是進行法務相關的調查研究、針對法務省職員進行培訓等的法務省機關。

妳覺得如何？」

倉澤毫不猶豫地回答：「我求之不得。」那是個就算等好幾年也不知道能不能等到的職位，而且不用透過地方廳就能任職；還有母親生病的事，如果可以就近上班，沒有比這更讓人安心的了。

小橋透露，因為自己曾是國際刑事法學會的幹事，因此組織理也曾尋求過他的建議。倉澤當場填寫學會的入會申請書，內心充滿希望。但這只是曇花一現。

「但是，有一個條件。」小橋這才說出正題。他讓倉澤報告關於久我的一切。表面上，說是「希望促進區檢業務的合理化」，但他的眼神明顯透露出背後潛藏惡意。

倉澤一邊喝咖啡，一邊回想當時的自己；當她一想起母親病倒的樣子，就算再不願意也沒辦法拒絕；如今想來，那就是她成為被胡蘿蔔和鞭子所操控的驢子的瞬間。

小橋出現了，西裝和髮型還是那樣整齊。就算知道他的為人與久我大相逕庭，但倉澤內心的罪惡感也絲毫沒有減少。倉澤連忙起身，微笑迎接上司，試圖隱藏不安的心情。

「抱歉，讓妳久等啦。」

「請不用在意。我剛好也有點累，是很棒的休息時間。」

「不過話說回來，還真是嚇了我一跳啊。」

「和法官發生爭執的事嗎？」

小橋點頭。「聽說糾纏很久啊。作為檢察官是令人敬佩的毅力，也就是說妳那麼有熱忱啊。」

「但是宮原法官十分生氣。」

「不不，別擔心。他會怪罪到久我那個笨蛋身上的。那傢伙打算用膚淺的證據申請拘票就是問題。而且他還想保護妳。」

聽完這番話，倉澤實在說不出「謝謝」二字。她意識到自己的心中燃起一絲對小橋的憤怒。

小橋終於進入主題。「叫妳來也不為別的。就是想問巡查重傷的事。那傢伙不用對此負責嗎？」

「雖然久我前輩有關心這起案件，但我認為演變成暴力事件是不可預測的情況。」

小橋的表情彷彿透露著不滿意她的回答。

「妳是在袒護久我嗎？」

「沒有，我只是陳述事實。」

「難道不是因為那個男人沒做好事件指揮的錯嗎？我不認為這只是巡查的過失。」

……過失？此時，倉澤感受到體內的某種東西炸裂開來。他非但不關心有村的傷勢，反而把有村受重傷視作是失誤。倉澤露出了憤怒的表情。「小橋前輩，您剛才是說巡查有過失嗎？」

「是啊，過失。身為警察卻反被犯人毆打，也太丟臉了吧。」

倉澤瞪大雙眼。「你的話我可不能裝作沒聽見。有村是個很謹慎的警察，但是再怎麼謹慎，也一定會有被人乘隙攻擊而無法防禦的情況。你以為你是誰啊？」

「注意妳的用詞。」小橋的眼中也燃起怒火。

「那是我的臺詞。請你收回對有村的汙辱。」

「喂喂，妳打算與我為敵嗎？不就只是個巡查的問題嗎？」

「只是個？您剛剛說，只是個？」

「沒錯。只是個巡查。那又如何？妳繼續那種態度，未來可就不保了喔。」

倉澤沒有退縮。反而是等待對方把話題繞到人事問題上，藉此說出一直很想說的話。

「小橋前輩，如果要給胡蘿蔔，就讓我把它奉還給您吧。因為我不想再當一隻醜惡的驢子了。」

「妳在說什麼？什麼驢子還是胡蘿蔔的……妳失去理智了嗎？」

「不不，我這才終於恢復理智了。從今以後我不會再幫助你了，也不要再私下聯絡我了。」

小橋握緊拳頭，渾身發抖。「妳要追隨久我嗎!?」

「是的，我的上司只有久我前輩一人。」

「為什麼？妳要追隨那種笨蛋!?」

「如果說久我前輩是笨蛋，那麼也有十分適合你的形容詞喔。」

「什麼啊。」

「小橋前輩，你真是檢察官中的敗類！」

4

只有車身後半部的照片，以及「十萬火急，雷」的極短訊息……

有村在慌亂之中究竟想傳達什麼呢？正當久我思索著至今為止與搜查相關的事情時，倉澤回來了。原本以為和法官爭論失敗後，她會垂頭喪氣，但她卻像故意瞪大雙眼似地盯著久我。

「怎麼？那什麼表情啊？瞪著我是想找碴嗎？」

「我是在模仿麗莎．明內利[9]在《紐約，紐約》[10]中，配合薩克斯風演奏家勞勃．狄尼洛[11]的演奏而歌唱時的表情。」倉澤說。

9 麗莎．梅．明內利（Liza May Minnelli），美國女演員、歌手、舞蹈家。一九七二年她以電影《歌廳》（*Cabaret*）獲得奧斯卡最佳女主角獎。

10 《紐約，紐約》（*New York, New York*）是一九七七年的美國歌舞電影，講述關於一個爵士樂薩克斯風演奏家和一個流行歌手相愛的故事。

11 勞勃．安東尼．狄尼洛（Robert Anthony De Niro Jr.），知名的美國電影演員和製片人。

久我不自覺地提高音量。「那是什麼意思？」

「我從沒見過眼神如此明亮的女演員。每當我情緒低落的時候，都會這樣模仿她。」

「我聽說拘票的事了。」

「我失敗了。徹底失敗了。」

「嗯，很遺憾。」

「話說回來，你是聽誰說的？難道是……小橋前輩嗎？」

「沒錯……」

「果然，他打電話給你了吧。」

「對，但妳怎麼知道？」

「因為我和他交談過。」

倉澤此時突然正襟危坐。

「我就趁這個機會招認了。小橋前輩要我向他報告久我前輩的情報。真是非常抱歉！」她說完便低下頭。

久我陷入沉默。他想起在場外賽馬投注處後面巷道的酒館喝酒時，曾經提及小橋，當時她的表情陰沉。抬頭仰望天花板一會兒後，久我鬆開交叉的雙臂，只說了一句話：

「算了。」

倉澤眨了眨眼，似乎是看見預料之外的反應。

「『算了』的意思是，那些事就算了的意思嗎？」

「我還能說什麼呢？」

「為什麼？你不生氣嗎？」

「因為我看到了奇景。」

「什麼？」

久我皺起眉頭，撓了撓頭。「也就是說，因為第一次看見妳道歉，太過驚嚇就忘記生氣了，所以就算了。」

倉澤像是洩了氣一樣癱坐在椅子上，仰臥在椅背上。

「白擔心一場……啊也不能這樣說，因為我平常是真的膽顫心驚。我也時不時會想起久我前輩說過的『嫌疑人會吐露一半真相來試圖掩飾更重要的事』。」

「這樣啊，真相跟謊言各占一半嗎？即使只有一半真相，妳也是告訴我了，嗯，那就這樣吧。不過，妳都跟小橋說了什麼？」

「喔，如果是這件事的話，請不用擔心。都是一些小事。」

「小事？」

「像是經常遲到、下班後電燈沒關就回家、每天說一則大叔笑話、上班的時候看演歌相關的 youtube 之類的……」

「妳這白癡！妳說這些無聊的事，他最開心了！而且那不是演歌，我是在聽搖滾樂！」

對於久我重點錯誤的溫柔怒氣，倉澤心中只有感謝。於是她嘆了口氣後，向久我坦承母親的病情。「其實在我任職前不久，我的母親就因為貧血病倒了。說是腎性貧血[12]，是一種腎臟產生的紅血球生成素不足的病。雖然經過藥物治療後的症狀減輕不少，但我一直很擔心她隨時可能會再次病倒……所以，當小橋說可以幫我安排一個不用去地方廳的職位時，我無法拒絕。」

倉澤說完後又再次道歉。

「可惡，該死的小橋……」

「但是，現在已經不用擔心。剛才我已經面對面跟他談過了，還罵他是檢察官中的敗類。」

久我點頭，假裝思考片刻後說：「對妳來說，不會罵得太溫柔嗎？」

倉澤有些驚訝。「還有比那句話更重的侮辱嗎？」

「嗯——」久我低吟，然後盯著像是猜謎出題者的倉澤，陷入沉默。

沉默的時間令人難以忍受。雖然她有些不安，但當她意識到久我是在等她吐槽之後，便立即恢復笑容。

12　腎性貧血是指因為腎臟功能損害而引起的貧血，是慢性腎臟病常見的併發症。

「我知道了。『最終答案』[13]是吧！不過久我前輩啊，這個哏會不會太老？」

「會嗎？」

「會啊。但是，算了……下次那個男人再刁難我的話，我會先想好更厲害的詞罵他。」倉澤彷彿要做出承諾一樣。

久我淺淺一笑，心想這丫頭真是帶種。「結果妳要違逆的人又多了一個，感覺小橋變得像是我的朋友一樣。」

當久我轉向倉澤時，她顯露出充滿好勝心的眼神；那是想向久我要求些什麼時的神情。

「嗯？妳還有什麼話想對我說嗎？」

「是的。」

「那就快點說。」

「有一件事需要久我前輩的允許。」

「允許？」

「沒錯，允許。我可以去有村住的醫院嗎？」

13 出自《超級大富翁》，一個源自英國獨立電視臺的電視遊戲節目，現於世界多處地方均有製作當地版本。「那是你的最終答案嗎？（Is that your final answer?）」為該節目的廣告標語。

「這個時間去嗎？在群馬喔。」
抬頭望向牆上的時鐘，雖然已經超過六點，但久我放棄似地回話。
「就算我說不行，妳也會去吧？」
「是的。」

5

久我走出區檢時，媒體已經撤離，看來高津安秀在日落前就已經離開此處。淡薄的線香氣味，或許是從淺草寺吹拂而來的西風挾帶至此。踏出這奇妙的靜謐空間兩三步時，背後傳來一道「久我檢事」的呼喚聲。
從未聽過的聲音。回頭看見一位高個子的男人。
「我是田中博。很抱歉這麼晚才向你打招呼。」
久我感到一絲不安。這麼晚才打招呼，原本就是為了避免和對方見面的說詞。不過，更重要的是，總覺得在哪裡見過田中。
「我是不是在哪見過你？」
他笑了笑。「我和你一樣都住在門前仲町的公務員宿舍。有時候會在通勤路上見到你，但我實在不好上前搭話。」

大概是因為之前人事糾葛的關係吧。不過久我還想起另一件事：夜裡，菜穗在宿舍的腳踏車棚看見的情景。

「原來是你嗎？接受記者深夜採訪的檢察官。」

「是的，被你的女兒看見好幾次。我和記者說話的時候，她就會站在遠處一直盯著我們。因為她走進五樓的久我住家，所以我才知道是你的女兒。」

「她盯著你們的時候，是不是一臉茫然？」

「沒錯，就是那樣。」

「那肯定是我家菜穗了。那是她從小的壞習慣。該說她對別人的警戒心不足嗎？」

「你有很棒的家人呢。夫人還好嗎？雖然住在附近，但好像有段時間沒看見她了。」

「什麼意思？」

「咦？你不知道嗎？」

「我太太怎麼了嗎？」

「我們剛從外地搬過來時，我太太對丟垃圾這件事感到很困擾，幸好有夫人幫忙。」

「丟垃圾？」

「東京的規則好複雜啊。因為我們是鄉下長大的，根本不知道該怎麼做，就在這時候，夫人拿了手冊給我們。後來我們夫妻有登門道謝，但那時你不在家。」

「喔，原來有這件事。她完全沒告訴我。」

「所以這次剛好有機會來區檢，心想著一定要打聲招呼，不過，雖然去了你的辦公室好幾次，但……」

「不，是我很抱歉。」久我道歉。「難道，田中你是特地等我回來嗎？」

「不不，來的時機剛好而已，所以想著不能錯過這次機會。」

「特地過來道謝？」

田中搖了搖頭。「不是，不只如此。因為發生了其他事情，想和你聊一聊。」

久我唯一能想到的，就只有自願偵訊的洩密案件。「不是我通知媒體的喔。」

田中輕聲笑道：「我知道不是你……那麼久我前輩，待會有時間稍微和我談一下嗎？」

「Ellen Café」到了晚上就變成酒吧，但是完全沒有客人。久我和田中博一起進入店裡時，店長從櫃檯探頭。他扶了扶眼鏡框，笑著說：「哦，是你啊。」

他們坐在角落的座位，點了啤酒。正當久我在田中的玻璃杯中倒入金色氣泡時，店長問：

「你好像很喜歡我家的音響配備。」

「是啊，今天也麻煩你播個重低音的BGM了。」

田中疑惑地問：「重低音是？」

「你看那裡。」

「難道，那是卡帶式錄音機嗎？第一次看到。」

店長打斷兩人的對話。「有想聽的曲子跟我說一聲吧。如果是上個世紀的作品，我這裡也很齊全。」

久我彷彿是期待這句話許久一樣地提出要求。

「有南方之星[14]嗎？」

「有有有。」

「太好了。店長，他的名字是Hiroshi（博的讀音）。」

「哦，這樣啊！有一首歌叫做〈被那樣的Hiroshi欺騙〉（そんなヒロシに騙されて）呢。我最喜歡迷幻音樂[15]了。」

田中一臉詫異。「雖然我想說請不要捉弄我了……但其實我也是南方之星的粉絲。」

「沒問題嗎？那是欺騙女人的騙子歌曲喔。」久我說。

「沒事沒事，我不是那種男人。」

14 一九七八年出道的日本樂團，有著日本國民樂團之稱。出道至今已超過四十年，並持續活躍。

15 一種音樂流派，有著豐富的流行音樂風格。一九六〇年代興起了一種叫作迷幻文化的次文化，人們沉迷於各類迷幻藥物，以此引起幻覺，扭曲正常感官並感受不尋常的體驗。受到藥物刺激而啟發，利用效果器、合成器，甚至其他聲響來模擬藥物影響下的聽覺經驗。

久我進一步詢問：「被騙的女人是叫 Chako 嗎？」

「兄弟，那是一首歌曲啊。[16]」

「是嗎？」

兩人相視而笑。

「田中是大阪人嗎？」

「對，而且也是下町長大的。你拋出任何裝傻的哏，我都能吐槽。」他用故鄉的語調回答。

「我的父親是稅理士[17]，在商店街開設小型的事務所。我和家人以及當地人每年都會一起去難波豪華花月[18]好多次，所以從小就很期待那個聚會。」

「原來如此，如果是註冊會計師的話，也具有稅理士的資格。你有想過成為接班人嗎？」

「有啊，曾經想過。和街上的人們互動時總是很開心。」

田中將啤酒一飲而盡，然後重新倒滿。他看上去酒量很好。

16 指的是南方之星的另一首歌〈Chako的海岸物語〉（チャコの海岸物語）。

17 相當於臺灣的記帳士。

18 由吉本Creative Agency營運的搞笑與喜劇專門劇場（二〇〇七年九月開始由吉本興業營運），位於大阪府大阪市中央區，簡稱為NGK。廣告標語是「搞笑的殿堂」。

「會計專業很不錯啊，但你為什麼會轉換跑道呢？」

「是啊，但回想當時，可能是一時衝動吧。我那時候在大型的監查法人[19]實習，覺得自己不適合那裡。厭倦了錢、錢、錢的世界。想著既然都是具備國家資格，那麼司法界應該更正義一些。」

「正義嗎……」久我低語。

「是啊，正義。我認為檢察官都有這個理想。」

卡式錄音帶開始播放。或許是店長注意到我們正在交談，音量控制得很剛好。

「所以小博，你找我想說什麼？」

「是我目前處理的案件。」

久我皺眉。「高津安秀的逃稅案？」

「沒錯，就是那個。」

「那應該和我無關才是。」

「當然有，所以才會請你撥空。」

「我從來沒見過高津這號人物，怎麼會與我有關？」久我滿頭疑惑。

「這個問題我等一下再回答你。因為如果你不聽我現在正在困擾什麼的話，是不會

19　由五名以上負責公司審計的註冊會計師設立的法人。

明白的。」

「調查不順利嗎？」

他靜靜地點頭。「完全不行。不管向哪裡進攻，他都不為所動。」

「我記得今天是第三天吧。」

「是的，已經在審訊室和高津僵持總計超過二十個小時。」

「如果沒有招供就不能逮捕……是這個意思嗎？」

「你說的沒錯。而且還有一個祕密。」

「什麼祕密？」

「其實是不能洩漏的，但我的事情也還不到媒體會報導的標準。那就是，我們對高津逃稅的案件完全沒有證據。」

「嗯？你可以……再說一次嗎？」

田中加強語氣。「總之就是沒有證據。完全沒有。」

久我忍不住懷疑自己的耳朵。

6

在前往群馬之前，倉澤先回家一趟。雖然往房屋深處喊了一聲「我回來了」，但母親沒有回應。如果沒看見放在鞋櫃上固定位置的環保袋，那就一定是去附近超市買東西。雖然想直接告訴母親要借車，但看樣子只能留言告知了。

我待會要去群馬，所以把車開走了。會晚一點回來，不用擔心……

倉澤簡短寫了一張便條紙，然後放在餐桌上。

回家的電車上，倉澤想起有個東西剛好適合拿去探望有村。那就是在武藤結花的住家附近花店購買的龍膽。她走到二樓房間，取下一朵花瓶裡的龍膽。然後用剪刀剪下新鮮的藍色花瓣部分，用和紙包裝。和那晚包裝甜饅頭的紙相同，不過當時沒能交給他。

以前在報紙上讀過一篇報導，了解到龍膽的特殊生態。根據報導，岩手縣的研究所檢查浮現在花瓣上的綠色斑點時，發現了葉綠體；換句話說，龍膽除了綠葉部分，花瓣也能進行光合作用，是種獨特的植物。由於具備此特性，切花[20]的保存期限似乎更長。花瓣本身會製造大量糖分，並且轉化為生存所需的能量。倉澤一邊希望有村也能具有像是龍膽一樣的生命力，一邊把和紙摺成如同護身符的精緻五角形。

倉澤把東西收進手提包，沒有更換衣服與鞋子就前往車庫。當她坐上車，靠在椅背上時，突然想起一件事。最後一次看見有村，是在那個下雨的夜晚。僅僅是兩天前的晚

---

20 從植物上剪下的枝葉、花朵或花蕾（通常帶有莖和葉）。通常用於裝飾或者製成花束、花圈、花籃、花環或者直接插入花瓶中。

上，卻好像相當久遠以前。

醫院的停車場空蕩蕩的，甚至沒有警視廳的巡邏車。得知追出率領墨田署來探病的一群人已經返回，倉澤很是放心。表示有村的病情沒有變得危急。

倉澤來到護理站時，追出留下一張寫有醫生說明的紙條。

給倉澤檢事
聽說心跳數已改善
雖然意識仍然模糊，但醫生說正在慢慢恢復
請繼續替有村的康復加油打氣

倉澤鬆了一口氣。意識模糊……表示有村已經脫離昏迷狀態。聽護士說，有村在兩個小時前曾一度清醒，眼球可以跟著手指移動。雖然打從心底安心不少，但透過玻璃窗看到他好像很痛苦地躺在病床上時，那種安心感又蕩然無存。

頭部和下巴纏繞著繃帶和紗布，並且固定住頸部。鼻子、嘴巴以及手腕都插著半透明的導管，皮膚上也能看見無數傷痕，有些地方還呈現藍黑色的腫脹。

倉澤詢問護士：「他呼吸的時候，斷掉的肋骨部位不會痛嗎？」

「已經幫他注射過強效止痛劑，現在應該是稍微疼痛的程度。」

「那可以和他說話嗎？」

「現在嗎？」護士一臉驚訝地問，語氣有些嚴肅。

「……也是啦。」

「我明白妳現在想聽到患者聲音的心情，但就算醒來大多也會因為麻醉而呈現譫妄[21]狀態。而且他的下顎骨龜裂，說話也會有難度。」

倉澤點頭表示理解，然後突然想起一件事似地打開手提包，拿出裝有龍膽花瓣的護身符。「這個可以放在他的枕頭旁邊嗎？」當倉澤請求護士時，察覺到病房裡的變化。有村的眼睛透過繃帶的縫隙，望向倉澤。但是只維持數秒，又再次闔眼。

「護士小姐，他剛才那樣是清醒過來的意思嗎？」

她搖了搖頭。「那是麻醉狀態常有的反應喔。」

「所以，他不是在看我們嗎？」

倉澤忍不住思考，有村好像是想傳達什麼而拚命睜開眼睛。雖然聽護士解釋是無意識的甦醒，但倉澤決定遵從自己的第六感。她在內心咕噥著今晚不回家了，並且注視著自己的腳邊，在那裡描繪出五十公分見方的陣地，思考著能否從這裡踏出一步。

21　又稱急性意識錯亂狀態（acute confusional state），特徵主要為意識清醒程度降低、神志不清、注意力變差、語無倫次等，也常常伴隨著妄想與幻覺。

7

根據田中博的說明，東京國稅局進入高津安秀的演藝經紀公司調查稅務時，在社長辦公室發現藏匿的金庫。裡面裝有大約二十二億圓的現金。

但是國稅局沒有進一步徵稅或是提出刑事告發[22]。首要理由是，無法追查那是何時何地產生的所得。

更重要的是，找不到帳本。他嘆氣道，光是在社長辦公室發現現金，也缺乏證據證明是高津的所得。「實際上根本看不出是什麼收入。」

「也就是所謂的黑金。」久我說。

「是的。」田中搖了搖頭。黑金是稅務官用語，指調查時發現的現金、債券等帳外資產。

「如你所知，逃稅的追訴時效是七年。如果是在這之前的收入，就沒辦法問罪。所以要立案還不夠格。」

22 向法院、警方或其他司法機構舉報他人犯罪行為的行為。刑事告發可以是公開的，也可以是匿名的。刑事告發者可以是任何人，包括被害人、目擊者、警察、律師、公民組織等。

「為什麼特搜部要插手這起棘手的案件。調查稅務的專家也束手無策不是嗎？」

「原本獲得情報的是福地部長。他應該是覺得，如果特搜部能夠挖到證據，就能打臉那些國稅局的幹部。」

「所以是因為部長的圖謀而行動的案件啊。」

「沒錯，如果能起訴高津，就是福地部長的功勞。他想要獲得勳章吧。」

久我疑惑道：「他不是已經很成功了嗎？有特搜部長這項經歷，早晚能成為檢事長吧。」

「那不夠啊。估計還想當個青史留名的檢察官吧。」

不過高津再怎麼有名，演藝經紀公司社長的逃稅案，應該也不至於讓他走上載入史冊的光榮之路。久我認為他的目標是與政治界的聯繫，逃稅案只是一扇大門，用以追查黑金的用途，以及如何與政治界的黑暗面掛鉤。

「報社記者之所以勤奮地對你深夜採訪，也是考慮向政治界擴張的可能性對吧。」

「是啊，不知道他是從哪裡得知的情報。身為檢察官，平時不得不遠離記者，但因為這是個棘手的案件，所以在某種程度上公開情況，是希望能控制住報導。」

「但還是擋不住記者……」

田中露出苦笑。「情況有點不一樣，刊登頭條的並不是他所屬的報社。和我會面的記者是了解情況後才沒有寫出來，只不過被其他家打聽到情報而搶先登報而已。真是一椿倒楣的買賣啊，竟然輸在取材能力。這樣下去，我也是……」

「立場很危險嗎？」

「我沒有同伴。因為是國稅局撤手的案件，副部長和主任早就用一些漂亮的說詞撤離調查了，還說什麼具有註冊會計師資格又熟悉稅法的田中是合適人選。」

久我腦海中閃過辯護律師的臉。

「話說回來，還有常磐春子這一堵牆擋在你面前吧。」

「她也很難纏啊。尤其是她在特搜部時期，因長期所屬財政班，對於稅法的知識有很深刻的了解；估計早就看穿我的弱點。其實早在半年前她就受理案件了，也是她把國稅局踢出去的。」

「她告訴我，她是在前幾天受理案件，還得到大筆委託費喔。」

「我想她沒有說謊。應該是特搜開始立案調查，然後又重新簽約了。」

「真是個精明的老太婆啊。」

「喔，對了。這就是和久我檢事有關的地方了啊。」

田中注視著久我。

8

就在換日之際，救護車的鳴笛聲突然變大，然後又戛然而止。護士們衝出門外迎接急診病患。回過頭發現護理站的護士也已經都離開座位。不知道是不是受到這場騷動的刺激，有村的右手食指微微動了一下。他睜開眼睛，視線彷彿是在尋找某人。

倉澤確認過沒有護士看守後，立刻進入病房，靠近病床。

「有村，你醒了嗎？我在這。」

他的下巴稍微往下移動，似乎是嘗試點頭。但好像也因為疼痛而露出痛苦的神情。

「你不用勉強。不出聲也沒關係。」倉澤在他耳邊低語。「你可以動手指吧？如果是YES的話，你就敲一次；NO的話，就敲兩次。」

於是他的手指敲了一次。

「你是不是想說什麼？」

咚。

「有關案件嗎？」

咚。

現在該怎麼問……倉澤想到一個方法，她從手提包裡拿出自製的護身符。打開摺紙後拿掉花瓣，攤開成原本的一張紙。雖然龍膽的藍色色素稍微沾染在紙上，但已經足夠用來寫字。她拿起原子筆寫下五十音，然後放在有村面前。

「你看得見嗎？」

咚。

「你知道我想要你幹嘛吧？」

咚。

「如果做不到就直說。不用勉強。」

咚咚。

「那你可以開始了。」

咚。

有村想辦法垂直或水平移動手指，選擇文字。

きんさ（ki n sa）

こうとう（ko u t ou）

雖然倉澤不禁想知道是什麼意思，但還是不慌不忙地任由他的手指移動。

くるま（ku ru ma）

難道是指最後從維修廠傳來的照片嗎？

こおく（ko o ku）

倉澤感受到一道電流穿過大腦。

銀座

強盜

車

五億

有村察覺到意思已經傳達後，彷彿是用盡一切力量似地陷入深沉的睡眠。

追查河村友之死亡真相的有村，偶然發現銀座搶劫案的嫌犯。他在松井老家的板金工廠找到原本裝有白色油漆的一斗罐。逃逸車輛是深藍色的ＳＵＶ。或許是想說明車身已經被重新塗成白色，所以才會發送只有車身的照片。雖然還不知道訊息中的「雷」是什麼意思，但倉澤想起有村拚命移動手指的樣子，那一定不是麻醉藥引發的意識障礙。

她看著胸口上下起伏的有村，再次把蘊含特殊生命力的龍膽花瓣用和紙包裝好，悄悄放在枕頭下。

然後在他的耳邊低語。

「有村，你做得很好。接下來就交給我了。」

9

根據田中博所說，對久我找碴的起因是常磐春子增強了辯護行動，而且又牽扯到檢事總長的人事任命，福地似乎很驚慌。

「總長是里原的那件事嗎？」

「沒錯，無疑是福地部長在雜誌上刊登了對於吉野成為總長的期待，所以他自己也輸了這場權力遊戲。就在這時，又出現了被認為是里原弟子的常磐。所以認為她是挾帶著自身強烈的情感要妨礙搜查。」

「新任總長不是那種會縱容特搜部的人。高津的逃稅案在現階段只是掛羊頭賣狗肉，應該要小心案件是否會被掩蓋。」

田中深深地點頭。「所以我認為這是他們發動攻擊的原因。」

久我一臉茫然。「攻擊……？那和我有什麼關係？」

田中翻了白眼。「久我前輩啊，你還不明白嗎？聽說組織內部真的有里原的門生。」

「啊，說到這個，福地部長好像也和我說過。」

「你很有名啊，久我前輩。」

「我嗎？」久我驚訝地指著自己。

「是啊，因為有很多人喜歡議論人事，其中有傳言是里原正放眼被晾在區檢裡的人，並且打算提拔他。」

「都是些什麼亂七八糟的啊——」久我仰天。他完全沒有自覺。一定是組織中還有另一個叫做久我，還深受里原喜愛的人。

「我和里原唯一的接觸點，就是當時在橫須賀支部時，被叫去橫濱地檢的檢事正室，接替小橋調查貪汙案。從那之後就再也沒有交集。」

「真的嗎？」

「事實就是這樣，我不就被晾在區檢了嗎？」

「真的假的，但是周圍的人都已經認定你就是里原的門生了。」

田中驚訝似地歪著頭，同時一口氣喝光雙份威士忌。而且好像越喝越快。

久我想起在特搜部長室被福地部長詢問到常磐近況的事。

「更何況，我也認識常磐。」

「沒錯。對福地部長來說，常磐是眼下最大的敵人，而你和她關係密切。」

「就是因為這樣，才對我找碴嗎？」

「是啊，什麼洩漏偵訊的嫌疑，實在太超過了。一定是福地部長自己洩密的。雖然我覺得藉由媒體曝光高津是種施壓作戰，但把戰場設定在區檢，無疑是對你的攻擊。」

「好荒謬。」

福地的聲音在腦海中迴盪。

你可是堪稱『挖掘機』的少見人才呢。

那不是稱讚，只不過是算計過程中一時興起的吹捧。久我想起自己因為福地的評價而變得稍微心軟，後悔地握緊酒杯。

此時田中的表情突然變得若有所思。「或許這就是待在組織裡太久的意思吧。」

「什麼意思？」

「就是自認為的自己，和別人眼中的自己不同。你不是也覺得，我是個有會計師資格，感覺很高高在上又討人厭的傢伙嗎？」

「嗯，我以前有這麼想過。」久我誠實回答。

緊接著田中的提問直達核心。「應該還有別的原因吧。跟橫濱地檢的調查活動費不也有關聯嗎？聽說你的朋友也牽涉其中呢。」

「怎麼，原來你知道啊？」

久我正猶豫著是否說出口。在淺草寺境內沒有向倉澤詳細說明，就是因為關乎到現在已是大學教授的神崎史郎的名譽。

神崎當年還是法務官員。他與當時是橫濱檢事正的吉野，以及其弟子福地、小橋一起去打高爾夫球後便離職。難道他們是用調活費去玩樂嗎？法務省刑事局帶著這個疑問展開調查。雖然挪用公款的事情沒有得到證實，但神崎對於被刑事局裡同桌的同事調查身家感到羞恥，毅然從法務檢察機關引退，往學術研究的方向發展。神崎由於缺乏警戒而悔不當初的身影，彷彿昨日場景一般浮現在久我的腦海中。

「福地部長和小橋應該都覺得神崎是很掃興的傢伙。因為聽說小橋有提出對外口徑一致的建議，說是個別支付玩樂費用，但神崎果斷拒絕了。」

「本省的調查是交錯問話的啊。三個人宣稱自掏腰包，只有神崎表示沒有付錢。」

「是啊，只有神崎說出事實。他似乎一直以為是吉野用零用錢支付的。小橋知道我和神崎關係不錯，所以神崎什麼事都會告訴我，包括他們在本省的調查中謊話連篇的事。」

「所以他覺得你是眼中釘也是沒辦法的事啊。」

「應該是想逼我離職吧。」

「原來如此，我終於知道就連福地部長也把你當成標靶的理由了。」

「標靶？」

「戰爭的標靶。我想他們會把槍口對準你，就是為了向內部的敵人里原，以及外部的敵人常磐宣戰的意思。福地部長說無論如何都會偵辦完這次案件。」

久我搖頭。

「真是瘋狂啊。」

「是啊，很瘋狂。福地部長已經毫不掩飾了。」

「所以你要怎麼辦？就我的處境來看，是要和田中博檢事為敵的喔。」

「說得也是。因為我是福地部長的部下啊。」他彷彿現在才察覺到這件事，錯愕地笑了笑。「不管情況有多糟，我都會試著堅持下去。畢竟那筆錢確實隱藏了貪汙的事實。」

久我覺得很不可思議，福地的野心和私心，某種層面上反而借由田中博成為法律正義的助力。「你想怎麼做？有對策嗎？」久我擔心地提問。

「我想只能用表面證據的方式偵辦了。就算是沒有直接證明力[23]的間接證據[24]，只要收集到一定數量，從各方面進攻的話，或許就能瓦解他不斷否認的情況……我會在自願偵訊的過程中竭盡所能。」

據田中所言，從紙幣編號來看，金庫裡的現金有九成都是在追訴期的七年內印製的。但是也有可能換過鈔了。紙幣編號不構成逃稅時效的嚴格證據。

田中即使陷入苦戰也不放棄的覺悟觸動久我，也讓他突然察覺一件事：檢察官不是還能透過自願偵訊來調查相關人員嗎！久我想起自己只專注在逮捕傷害有村的男人，而忽略了戰術。

---

23 也就是證據的價值，指該證據對於事實的證明力度有多強。

24 該證據若需經推理或結合其他證據才能證明事實，稱為間接證據。例如：犯行現場所殘留的指紋、足跡等，或者是被告所提出的不在場證明。

10

人類總會重複犯下相同的錯誤。

和昨天早晨相同的一幕又再次——

大腦好不容易開始運作，但是眼皮還睜不開，太陽穴也隱隱作痛。與田中博氣味相投，不小心喝了兩瓶威士忌，如今有些後悔。

離開臥室時，遇見抱著洗衣籃的多香子。一對上視線，她立即撇開眼神，往陽臺的晾衣場離去。空氣中瀰漫一種不安的氛圍。就算試著回想起昨日的事，也會因為頭痛變得更加嚴重而受到阻礙。

久我踏著蹣跚的腳步走到餐桌前坐下，正在吐司上塗抹果醬的菜穗停下動作，用一副看著可疑人士的冰冷視線盯著他。

「幹嘛？」

「媽說在考慮要不要離婚。」

「開玩笑吧？」

「誰知道呢，畢竟你這次酒醉的醜態太超過了。」

久我仍然什麼都想不起來。困惑之餘，他也覺得很難以理解，為何菜穗只會在他和昨天一樣爛醉後醜態百出的隔天早上，停止使用間接對話，與自己直接對話。

「我做了什麼嗎？」

「你不記得了嗎？」菜穗一臉驚訝。

多香子回來加入對話。「你和田中先生一起回來，還一邊大聲唱著什麼 Chako 的物語。鄰居們肯定都聽見了。我丟臉到沒辦法出門。而且田中先生還……」

「他做了什麼？」

女兒代替回答：「喊著『小菜穗——』什麼的，還想要抱住我。我一閃開，他就跌坐在地。」

「想不到田中先生是那樣的人呢。」

「我也以為他是很酷的人。」

母女面面相覷地說。

「你什麼時候和他變成朋友的？」

「昨晚突然變成朋友了。話說回來，妳不是之前就認識他了嗎？」

「是啊，因為是同時期搬過來的。是說，田中先生是哪個部門的？」

「特搜部喔。我不是說過嗎，有一個叫田中博的人代替我過去了。」

多香子瞪大雙眼。「什麼啊，原來田中先生就是那個田中先生啊？」

「他叫 Hiroshi。」

「這我知道。」多香子再次板起臉。「就是那個什麼 Hiroshi 的海岸物語[25]！不僅歌亂唱還大叫。啊，太丟臉、太丟臉了。」她說完，便嘆著氣回去洗衣服了。

雖然記憶斷片，但昨晚的情景逐漸浮現出來。久我想起在「Ellen Café」和田中博一起喝醉胡鬧時，放在桌上的手機閃爍著光芒。

久我走到臥室，搜索西裝口袋。一看手機，情況如他所料。螢幕上充滿倉澤的未接來電通知。

不知道有什麼事。久我回撥後，立刻聽見她的怒吼。

「你又來了！為什麼出大事的時候都找不到人！」

25　如前註，正確歌名應該是〈Chako的海岸物語〉。

第四章　紅燈籠[1]

1

走過淺草寺的轉角，就能嗅到河流的氣味。隅田川對岸吹來略為強勁的東風。區檢的前庭沒有媒體聚集，審訊室前也不見事務官的身影。倉澤一現身，便立刻開口：

「聽說特搜部今天的訊問休息喔。」

「為什麼？」

「因為今天是星期六？」

「咦，那傢伙會說這種話嗎？」

「那傢伙指的是誰？」

「算了，當我沒說……」

要從頭解釋和田中的聚會太過麻煩。況且這件事涉及特搜部的調查機密，不是能隨

1　居酒屋、小酒館的代稱。因為此類店家常會在門口掛上紅燈籠，故以紅燈籠代稱之。

意提起的話題。

「追出前輩他們那邊狀況如何？」

「他們說等到可以和有村溝通，會先做被害者筆錄，然後重新聲請拘票。」

今天早上，久我也接獲追出的聯繫，他表示有村狀況穩定，沒有生命危險。不過受到麻醉影響意識不清，暫時不打算對他進行筆錄。

倉澤把握機會提起昨晚的搜查進展。「松井竟然是銀座的搶劫犯，真令人吃驚。我認為這是有村努力的成果。」

久我並不同意。「有村指出的關鍵字是銀座、搶劫、車和五億。單靠這些還不能擺脫推測的範疇。」

她似乎對久我冷靜的語氣感到不快。「那由我來說明。」她帶著挑戰的態度向前傾身說，還不忘挖苦一句：「開始之前，久我前輩的宿醉沒問題嗎？」

「啊，沒問題，已經酒醒了。」久我尷尬地搔搔頭。

「那我就開始了。現在又增加了一些證據，我知道有村在簡訊寫下『十萬火急，雷』的涵義了。」

「有什麼涵義？」

「答案就在墨田署交通課的等候室牆上。聽說追出前輩今天早上經過那裡，看到銀座搶劫犯的通緝海報時，便大喊『就是這個』。」

「是逃逸車輛的特徵嗎？」

「沒錯，被通緝的車輛後輪的輪框上有像是雷電的鋸齒狀刮痕。我想有村應該徹底記住了這點，所以立刻用腦海浮現的那個字發簡訊。」

「原來如此，有村的照片拍下了車輪框呀。」

她輕笑出聲：「這樣還有意見嗎？」

久我露出「真是敗給他了」的笑容，暗暗讚賞身處遠方的有村「做得好」。

久我在腦海中拉出一塊白板，將案件依照時間順序排列。

銀座搶劫案件

毒品走私案件

河村友之之死

有村遭毆案

「主要有四起案件。它們彼此之間有什麼關聯？」

倉澤早已準備好她的推理。「這樣一來，河村被殺的原因便不是毒品走私。我認為想瞭解事件全貌，關鍵還是必須從最初的搶劫案著手。」

「我也有同感。」

「最重要的前提是河村的定位。雖然對辛苦拉拔弟弟成長的哥哥深感抱歉，但我贊同友之涉案的假設。他是不是也參與了銀座搶劫案？友之看起來不像武鬥派，可能是逃逸車輛的駕駛？我想松井才是實際作案的犯人。」

倉澤帶著調查資料的檔案夾走近桌前，將記錄犯罪過程的部分攤開給久我看。

根據資料，搶劫犯有兩人。在銀座一條小巷內，珠寶店社長的座車被疑似手持槍械的犯人攔下，犯人搶走社長與保鑣兼司機兩人的手機和車鑰匙，丟出手銬強迫兩人自行將手腕固定於車窗窗框。隨後，犯人將裝滿現金的手提箱置於地面，由共犯駕駛的SUV立刻停在旁邊，帶手提箱與犯人一同逃離。

「光天化日之下，不到五分鐘就搶走五億圓這麼一大筆錢啊。」久我再次震驚地說。

倉澤點頭繼續。「然後松井與河村用搶劫得手的錢開始經營毒品生意。松井找上新加坡的Nguyen合作，河村則提供公司的維修工廠。賓士車進口後要是找不到賣家，公司就會出問題，因此有必要偽裝買家。應該是松井提議讓AUDIENCE買下來吧？他想到了該如何利用偷來的公司印鑑；於是，河村成了社長，交易順利進行。」

「原來如此，這樣就說得通了。不過最近松井與河村間出現了嫌隙，有什麼足以讓他們相互怨恨的理由嗎？」

「我也是這麼想。雖然不確定是謀殺或傷害致死，但松井把河村置於死地，從高架橋上丟下他的遺體，再偽裝成毒癮者跳樓案件。」

久我突然陷入沉默，雙臂交叉擺出思考的動作。「把賓士以高於市價的價格賣給AUDIENCE的理由是什麼？」

「難道不是以使用工廠為交換，讓渡瀨取得相當的利益嗎？也可能是為了讓社長默許走私。」

「我明白了。如果是這樣，渡瀨同樣可以視為協助走私的幫手。」

久我說出腦海中的戰術：「倉澤，可以盡快請渡瀨勝美過來這裡嗎？」

「啊？」

「我們要調查他。」

倉澤無法理解久我的計畫。她才剛從追出手上收到墨田署刑事組長前去公司調查三小時後的結果，文件指出進口車生意全盤交由友之負責，並未發現任何可疑之處。

「由我們進行訊問，就會得到不同供述嗎？」她提出疑問。

但久我泰然自若地說：

「倉澤，我們的職業是什麼？」

「檢察官啊。」

「對吧？」

「那又有什麼……」

「我想試一下檢察官才能執行的『自願偵訊』。」

「只有檢察官才能……是這樣嗎？」

倉澤低聲重複，微微歪著頭。

2

為了將一度收進倉庫的電風扇重新擺回審訊室，倉澤抱著它輕快地登上樓梯。時隔數日再次踏進房間，室內還留有殘餘的香味。是高津安秀的髮膠嗎？她回想起電視上那位走過區檢前庭的紳士，他的頭髮用髮膠整理過。按下開關，電風扇活力充沛地開始擺動；剛掛回鐵窗上的風鈴，就像在問候好久不見一般輕聲作響。

當渡瀨勝美慌張地走上樓梯時，距離約定的時刻還有十分鐘。遇見倉澤後，他禮貌地詢問：「敝姓渡瀨，請問這裡是檢察廳的淺草分室嗎？」

「是，我是倉澤。不好意思，突然請您過來一趟。」配合渡瀨的態度，她的語氣自然而然溫和起來。

雖然成為檢察官不過一年半，但他與倉澤目前對罪犯的印象相去甚遠。若渡瀨確實是毫不知情的第三人，在沒有證據顯示他參與地下交易的情況下，便嚴苛地偵訊，事態或許會演變成利用權力折磨善人。久我準備如何調查呢？她心中浮現不安。

倉澤提醒「室內很狹窄」，像招呼客人一樣請渡瀨坐下。同時間，久我走進房內，倉澤依照事前安排，坐在房間角落的凳子上。

「我是檢察官久我。」

「我是渡瀨。」

「接下來我將告知你所享有的權利。」久我開門見山地說。

渡瀨愣住了，反問：「啊，你說權利嗎？」

「總之請你認真聽。首先你有權保持緘默，在這裡說的話可能會成為對你不利的證據。」

渡瀨頓時臉色發白。「那個，請等一下。我會被逮捕嗎？」

「不會。」久我理所當然似地搖搖頭。

「那為什麼要說什麼權利的……」

「你正在以嫌疑人的身分接受訊問。」

「可、可是，倉澤小姐剛才聯絡我的時候，說是想進行自願式的訊問。」

「跟她說得一樣，這是自願的。你沒有受到任何人的強制。對嫌疑人的調查不一定會涉及逮捕。」

「什麼？」

「還是你希望被逮捕呢？」

「沒有，一點也不希望。」渡瀨取出手帕擦拭前額的汗珠。

倉澤明白了久我的作戰計畫。一般大眾並沒有那麼熟悉刑事訴訟流程，一旦聽到「訊問」多半都會感到緊張。先造成渡瀨的混亂，就能在這場是否該說實話的賽局中占上風。

不出所料，渡瀨頓時失去冷靜，眼神飄忽不定。

興致盎然的久我繼續說明：「請不要把我們想像得和警察一樣。我們是想以檢察官的身分詢問案情。」

「跟警察有什麼不同？」

「我們並不是為了蒐集調查用的資訊才請你到場。這點和警方偵訊完全不同。我們檢察官認定犯罪事實後，有權向法院提出公訴，就是一般說的公訴權。到目前為止，你可以理解嗎？」

「是叫做起訴嗎……」

久我點頭稱是。「就是所謂的準司法權。因此，你在這裡說的每一字每一句都將和法庭直接關聯；要是說謊便會產生相應的後果，請做好心理準備。」

渡瀨額前的汗珠增加了。在他反覆開闔嘴巴打算說話時，久我開始進攻：「如果你知道某些事，卻在這裡堅持表示不知道、不清楚，請多加考慮日後查明一切時，你會有什麼後果。」

倉澤在內心大喊「幹得好」。準備聲稱自己「什麼都不知道」的渡瀨，他的陳詞濫調就幾乎遭到封印。

「我到底有什麼嫌疑？」

「我將針對『對墨田署巡查有村誠司的殺人未遂嫌疑』一事進行提問。」

「不對不對，那種事……事發當時我人正在家裡啊。」

「我沒有說你是施暴的行為人。我們正在考慮以共謀共同正犯[2]或從犯[3]對你立案。松井祐二前往群馬工廠時，你正在做什麼？」

渡瀨嚇得全身發抖，但久我不想繼續往那方面進攻。「話說回來，渡瀨先生。」和倉澤想像的完全相反，久我轉換成像在閒聊的直率語氣。「其實前幾天我和友之先生的哥哥見到面了。他哥哥叫和也，你也知道吧？」

渡瀨依然低著頭，小聲地說：「他一定很心痛吧。」

「友之先生平常是什麼樣的人？在我們印象中，很多人稱讚他的性格。」

「是的，他工作非常努力。」

「因為他是業務吧。但他從服飾業轉換跑道過來，應該不具備貨車的知識，指導他工作不會很辛苦嗎？」

「不會不會，我和友之從沒遇到任何困難。」

「他平常的工作態度如何？」

「他在服飾業有銷售的基礎，所以立刻就能派上用場。」

2　犯罪事件中，只參與關鍵性的謀議，或者雖然不在犯罪現場，但在背後策劃、指揮其他人犯罪的人。
3　犯罪事件中，發揮次要作用或輔助幫忙的人。

「給人的印象很好啊。」

「是的，他也很有熱忱。如果客戶來電，就算是星期天也會馬上整理好合約。」

「看來他備受信賴呢。」

「客戶對他評價很高，他也很注重細節……我因為會計工作加班時，他沒吃晚餐就過來幫我，真的是內心非常善良。」

倉澤留意到，渡瀨的口風變鬆了。她想，久我應該是先拋出一些輕鬆的話題讓他回答；這樣一來，接受訊問的一方便不會留意到，自己正在安排下進行供述的熱身運動。

「你能回想起他每天朝氣蓬勃工作的樣子嗎？」

「每天都會想起。」

渡瀨咬住下唇，鏡片後方的雙眼變得濕潤。是惋惜的眼淚，還是畏懼被追問隱情的淚水呢？倉澤覺得後者的比重更高。

「他現在背著走私毒販的身分進棺材了。你知道墨田署準備把拳擊訓練中心發現的毒品當證據，進行嫌疑人死亡後的檢驗嗎？」

渡瀨迴避久我的視線，默不作聲。倉澤心想或許是剛才的對話喚醒了他的良心。

「我們認為其中有不合理的地方。為了解明真相，你願意提供協助嗎？」

「我……能幫上忙嗎？」

「不管是友之先生的死，還是有村巡查遭毆打一案都發生在你周遭。你知道一些我們所不知道的事吧？」

久我沉默地等待著。數秒後，渡瀨夾雜數根白髮的頭輕點了一下，用微小的肢體動作承認了檢察官的問題。

「渡瀨先生，你願意告訴我們嗎？前面也提過了，請考慮一下你至今的人生。」

片刻之後，男性用小得幾乎聽不見的聲音回答：「好的。」倉澤尋思，這就是矢口否認的嫌疑人打破心防的瞬間吧。她從頭回憶起訊問的情況，用幾句對話突破謊言，讓對方練習回答，引出良心的譴責……。正當她深感佩服之時，久我像是要讓人措手不及般，忽然發表先前不曾討論過的安排。

「那接下來由倉澤檢事進行訊問，請照實回答。先提醒一句，她可是很嚴格的。」

3

兩個多小時後，倉澤從審訊室回來。她的臉龐因略顯興奮而上揚，手裡拿著兩份剛製作好的筆錄。這意味著她從渡瀨勝美口中，獲得了至少兩份證詞。

久我放下心中大石，在盡量不表現出情緒的同時，擺出指導員的姿態問：「調查完成了嗎？」

倉澤挺起胸膛回應：「當然！」

「那讓我聽聽看吧。」

「啊，在這之前。」倉澤用一雙水汪汪大眼看向久我，「謝謝你剛才幫我暖場。」

「妳在說什麼？」

「引導渡瀨供述的『技術』啦。」

「喔，妳說那個啊。」

「要怎麼辦到呢？訣竅？或者說是技巧……請教教我。」

「我只是遵循自己的直覺，按照現場情況和對象決定措辭和態度；沒有訣竅也沒有技巧。」

「可是你一開始就直攻渡瀨的心理層面喔。你一直都是這樣做的嗎？」

「不是。看到社長略帶從容的態度，我就立刻想到了：不要委婉迂迴，而要發動突襲。」

「我想的完全相反。」

「沒關係，那種策略有時候也會成功。不過以我的經驗而言，越是自認有勝算的嫌疑人越容易攻破。我對渡瀨的第一印象就是這樣。」

倉澤「嗯——」了一聲，將久我的臺詞抄錄在內心的筆記上。越是自認有勝算的嫌疑人越……。

完成抄錄後，倉澤趕緊提出了一直想問的問題：「為什麼要交棒給我？」

「因為妳速度比較快。」

「嗯？什麼意思？」

「打字的速度。列印技術也很好。」

「只是因為這種事就換我上場嗎!?」倉澤雖然不服氣地撅起嘴，但也沒有把指導員的話照單全收；她覺得自己接受了完整的訊問教學。

「所以，應該有成果吧？」

在久我的催促下，倉澤睜大眼睛，將注意力放回正題。「是的，我掌握到了重要的線索。我撤回友之涉案的假設，他沒有參與搶劫，更沒有加入走私。」倉澤語氣堅定。

「怎麼說？」久我回想起辛苦栽培弟弟的哥哥和也，略為放心問道。

「把友之推去當 AUDIENCE 社長的，正是渡瀨勝美。如果自己當社長，一旦將進口車從 WATASE CARGO 賣到 AUDIENCE，就會變成自己以不合理的高價轉賣進口車給自己；如果稅務署發現，可能會起疑。他似乎只是單純借用熟人友之的名義。」

「提議在群馬的維修工廠拆解車輛的是誰？」

「果然是松井。附帶一提，拳擊訓練中心的省造先生和這件事無關。有村在友之的置物櫃發現毒品當天，也目擊了兄弟倆的口角。不過那好像是省造先生把勝美叫出去，質問友之『為什麼變成這樣』的時候。」

「看似凶狠的渡瀨哥原來性格好到誇張啊，還以為是他裝出來的，實際上是真的很疼愛友之的善意第三人[4]。」

「是的，而且友之誠實的個性也同樣是如假包換。直到死亡當天，他才注意到自己的名字被登記成下游廠商的社長。」

「他看到了手提箱裡的合約書吧？」

「沒錯，為人敦厚的友之反抗了社長。他說要報警後便火速離開店裡，而社長則飛奔前往拳擊中心通知松井。」

搶劫、毒品走私，甚至是友之的死，旋即產生超越假設的關聯。

「是說，社長究竟參與走私到什麼程度？」

「這個部分……」倉澤說到一半便別開視線，「他不肯回答。渡瀨雖然知道松井和新加坡的熟人聯手做起不正當生意，卻不知道車裡運送的是什麼。他的說法是因為太恐怖不敢去問。據說實際上公司經營陷入困難，渡瀨聽到松井說一臺進口車能為公司帶來數百萬圓的收益，就不顧一切地撲上去了。」

「如果不知道運送的內容物，也很難指控他有協助走私的嫌疑。」

協助──《刑法》第六十二條第一項，協助正犯之犯罪行為使其便於進行，該協助者即為從犯。

4 法律用詞，指對該事件毫不知情、完全狀況外的第三者。

倉澤附和：「是『手槍和鐵鎚』呢。」例如，在殺人事件中，將手槍借給實行犯的行為，容易被視為協助殺人；但如果凶器是木工器具中的鐵鎚，就難以證明其會被用於行凶。對走私毒品的實行犯出借拆解車輛場地的行為，究竟是手槍或鐵鎚，是一個難以判別的問題。

久我翻開另一份筆錄，才讀到一半，突然憤慨地說要是痛打渡瀨一頓就好了。「混帳，他連對有村的暴行都知道嗎？」

倉澤點頭。「他好像在警方問話時裝作不知情。不過有村遇害當天，他把工廠鑰匙交給去上班的松井，當然知道是誰對倒在工廠的有村下手。」

「他去工廠的目的是什麼？」

「松井說需要鏟子，社長就告訴他鏟子放在哪裡。不過渡瀨說自己並未詢問鏟子的用途。」

久我嘆著氣低聲說：「到底挖了什麼？謎題又增加了。」相對地，倉澤臉上反而浮現游刃有餘的表情。

「這份筆錄的最大收穫是什麼呢？」

她嘿嘿地笑著說。

「我發現了松井的關鍵行動。有村被打得半死不活的隔天，他好像打電話去公司，氣憤地責怪對方：『就是你去跟警察打小報告的吧？我幫你賺大錢，你卻背叛我嗎？』」

久我的聲音充滿力量。「好，這樣就有證據了。」

終於取得毆打事件的加害者曾經接觸過被害者的直接證詞。

倉澤的神情頓時變得明亮。

「無論是多慎重的法官都會不加思索發出拘票吧？」

4

有村被移送到中野警察醫院時，已是發出殺人未遂嫌疑逮捕令的五天之後。不過，松井雖然被全國通緝，但卻下落不明。

倉澤抵達醫院時，病房的窗戶都還亮著燈。看向房內，墨田署的人已經離去，只剩下有村一人。他的臉上纏著繃帶，只有雙眼和嘴暴露在紗布以外的空氣中。她坐上凳子，半開玩笑地說：

「有村好像透明人喔。」

他的眼神露出笑意。「窩才不是豆明人咧。」

雖然咬字不太標準，倉澤聽見回應還是非常驚訝。「你可以說話了啊！」

「因為窩的下巴不能動，窩就用腹語術的方式。」

倉澤聽到如同牙牙學語的發言，發出啊哈哈的笑聲。有村感到很害羞，不過從繃帶上看不出表情。

「抱歉抱歉。」

「不會……謝謝你特地到駿馬來看我。」

「駿馬？你說群馬啊。」

有村用可以自由活動的右手操縱遙控器，調整病床坐起上半身。

「你這樣沒問題嗎？」

「這樣比較方便說話。」

咬字確實變標準了。

「那時候真的很謝謝妳。我還以為他要來解決我。」

「你說被打的事？」

「是的。」

「果然記仇了啊。」

「沒錯，印象深刻地記住了。」

有村被紗布包圍的雙眼笑了起來。倉澤意識到他在開玩笑，內心鬆了一口氣。「太好了，已經恢復到可以挖苦人了。」

倉澤也露出笑容，腦中卻閃過當時對有村的衝動發言，因而又收起臉上的微笑。「對不起，那時候我太生氣了，才會罵你不懂法律。」

「沒關係，我本來就是不懂法律的巡查。」

「是的，巡查。」

因為有村沒有表現出不快，倉澤也沒有道謝。「雖然很感謝你這麼說，其實我也被久我前輩痛罵了一頓，他說不要傷害有村的自尊什麼的。」

「自尊嗎？」有村睜大眼睛。

「他指的是我插手你的職責，擅自去中華料理餐廳問話的事。」

有村沒有回應。從繃帶可以稍微窺見他思考著「到底是什麼事」的表情。

「嗯？難道不是自尊心的問題嗎？」

「不是，我會生氣是因為那樣很危險。我不希望妳隨便外出問話。」

他的回答令人意外。

「警察這份工作不知道什麼時候會碰上暴力，所以大家都會鍛鍊體格。你看，就算鍛鍊了，也會像我這樣喔。」

倉澤感受到有村對自己真切的擔憂，內心深處浮現一道暖流。她想起伊莉莎白．泰勒的臺詞。

吵架的好處就是……

倉澤感慨地低聲說：「就是這樣吧。」她期待接下來聽見更加溫暖人心的話語。期待落空了，她聽見的不知為何是飲料名稱。

「我有汽水。」

「汽水？」

「不是，是『沙量案奇』[5]。」

「啊，難道有村發不出鼻音嗎？」

「妳有注意到，真是太好了。因為我的下巴無法施力。」

「是要討論案件吧？」

「對，要汽水。」

倉澤發覺他準備認真討論，將笑聲抑制在自己的心底。

「了解，那我們開始討論吧。」

「我想告訴你一件事情。」

「什麼事情？」

「松井的共犯，可能四……」

他開始說話：松井的共犯，可能是……

倉澤屏氣凝神，聆聽有村接下來的發言。

5 應該是『商量案情』，因為有村發不出鼻音。而前述的汽水也是相同的狀況，汽水的日語發音為soda，商量的發音則為soudan，n相當於中文的鼻音。

5

皇居護城河的水早已被染成暗綠色，不可思議的是，竟然沒有任何臭味。久我提前到達與常磐春子約定的地點；在他將雙臂靠上護欄，望著河水發呆的期間，幾位跑者從他身後經過。

又傳來另一個踩著柏油路的腳步聲，但這次的跑者沒有跑過去，而在他身後停下。

「嗨，久我，讓你久等啦。」

女人用力喘著氣，從運動服口袋取出碼表確認時間。

「您跑步過來的嗎？」久我目瞪口呆。

「看了還不知道嗎？」她回應。

「真是活力充沛。」

「還好吧，流汗回去後就能睡個好覺，啤酒也會更好喝。」

常磐說「跟我來」，穿著運動服直接踏進皇宮飯店的酒廊。她擔任理事長的律師法人「二重橋法律事務所」就位於飯店隔壁的高樓。飯店員工似乎對她相當熟悉，沒有人前來確認服裝，也什麼都還沒點，侍者便直接端上兩杯乾馬丁尼。

常磐說著「先來乾杯」，一口氣喝完酒，用眼神向侍者點第二杯。

久我沒有碰酒。因為必須訂下的約定。

「常磐前輩，這樣我會很困擾。我是您事務所負責案件的利害關係人，和您見面本身並不妥當。」

「你說高津先生的案子？」

「是的。由於某些因素，我和負責案件的田中博檢事成為了好友，現在是可以知道案件內容的狀況。所以調查一事……」

「你好笨啊。」

久我還沒說完，常磐就露出不耐煩的神色。「你看錯人了。我看起來像是會養間諜的人嗎？」

「難道不會嗎？」

她用力嘆了一口氣。「你會不會太遲鈍了？我還以為你會興沖沖地來見我呢。結果你根本連自己都照顧不好。」

「照顧自己？」

「沒錯。」

常磐變換視線的角度，就像觀賞珍稀植物般注視著久我的臉。

「久我，要不要來我們事務所？」

「啊？」

「什麼『啊？』！我這是在挖角你。」

「讓我去當律師的意思嗎？」

「當然。」

發展和倉澤說的相同。而久我完全不當一回事的理由也相當簡單易懂。「請稍等一下，您忘記我很不擅長開庭嗎？」

「怎麼可能忘記啊。不擅言詞又不會表現，在北九州暴力團案中，還是我把久我周平從法庭拉出來，讓他專心去調查的吧？」

「您說的對。」

「在這個時代，檢察官要是無法在陪審團面前巧妙地展現口才，就拿不下有罪判決——不管你對這種風氣有什麼想法，久我，我期待的是你的調查能力。」

久我瞪大眼睛。「律師和調查能力之間有關係嗎？」

「當然有關係……你也知道我們事務所，除了有前最高院法官，也有前檢察長。我們靠著這些人的名聲維持著某些客戶，而且大都是大企業，有幾十家呢。但是，這些客戶一旦出問題，根本沒有人能去調查。」

「就是內部調查吧。」

「是啊，就是這樣。瀆職、挪用公款、非法融資等等，企業醜聞百百種。在股東和主管機關的要求下，有時不得不成立第三方委員會進行調查，這時候就需要有檢察官經驗、具備調查能力的人。總不能麻煩前任最高院法官來問話吧？」說完，常磐瞄了久我一眼。

「我幫你準備了法令遵循[6]案件負責人的職位。如何？這個條件還不差吧？」

久我默默點頭表示謝意。「我很高興您需要我。」

常磐留意到久我臉色蒼白。

「你看起來好像不是很高興。」

「請允許我考慮一段時間。」

「沒關係，我可沒有急躁到要求你當場回答。想好之後就請立刻聯絡我。」

「因為要換工作的話，我得先跟老婆和女兒討論過。」

「說得也是，這樣就沒有宿舍了……不過老實說，我希望你快點下決定。其實馬上就有一件想交給你的案件，是某間大企業喔。監察人發現社長取得高額的非法報酬，連高層主管都牽涉其中，真相可以說是混亂到極點。怎麼樣，你不想試試看嗎？」

久我暫時逃避回答，問起在意的部分：「但事務所做到這個地步，是為了在特搜部告發前先穩定事態嗎？」

6 法令遵循（Compliance）屬於金融相關企業中的一個內控部門，用以防制、監督企業內的不當行為，並確保企業活動均符合刑事與民事的法律、規定及規則。

常磐深深點頭。「就結果而言是這樣。我們調查完案件再交給特搜部。光是讓他們調查，企業就不知道會變成什麼樣子呢……他們大概會連不相關的地方也一併搜索，讓企業無法運作吧。所以為了掌握主動權，才要自己梳理好案情。」

「原來如此，感覺確實很有成就感呢。」久我先是如是說，卻又突然冒出一句，「不過，要我辭去檢察官，還是會感到寂寞。」

她的眉毛抽動了一下。「我可是非常清楚久我在組織裡都受到什麼樣的待遇喔！」

「是的，我也很清楚。是因為我自己的問題。」

「不對，你完全不明白。」常磐擺出嚴厲的神情搖頭。「稍微說教一下可以吧？」她說完，便喝下第三杯馬丁尼，帶著銳利的視線俯身向前。「我來告訴你。你會被冷落，是因為你太認真工作了。」

久我歪著頭。他完全不明白常磐想表達什麼。

「太認真工作，所以被冷落……嗎？」

「對啊。因為名叫久我周平的檢察官太認真了。比方說，檢察拘留就是個很好的例子。」

警察以逮捕限制行動兩天後，檢察官可以提起訴訟為目的，進行最長二十天的羈押。調查大多由警察負責，為了和警察的權限切割開來，便稱為檢察拘留。

「我見過的部下裡，只有你會這麼做。以檢察官身分，用整整二十天進行調查……。

碰到對方否認嫌疑、不肯供述的狀況時，就只會躲到後面催警察做事——這種人不是很多嗎？沒人願意負起自己的責任讓嫌疑人招供。」

「可是，這跟我在組織裡不受認可又有什麼關係？」

「我認為，沒發現這點就是久我愚蠢的地方了。也就是說，不做調查的人如果稱讚你的能力，不就相當於否認自己了嗎？即使是這種類型的人，也會對出人頭地有所執念，所以，久我周平檢察官便成為了潛在的敵人。」

久我沉默不語。他長年認為得不到回報是因為司法考試的成績，常磐試圖全盤推翻這個想法。

「我是女人所以才懂。不管做了多少自白筆錄，也得不到周圍男性的認可，經常被說常磐只挑好辦的案件做之類的話。所以我才主動包裝自己，宣傳『哪裡還有像我一樣優秀的檢察官』。但久我不一樣，不會包裝，也完全不去討好上司來得到自己想要的職位。周遭的人認為這是好事，讓久我從事與能力不相符的工作，這就是真相。」

「您是說檢察廳並非我的容身之處嗎？」

「直截了當地說，就是這樣。」

她的說教氣勢絲毫不減。「即使偶爾有像我一樣的人褒獎你，但你若繼續老實待著，就會被當成那種駑鈍的廢物。做出成果的人得不到回報，這是不合理的。棒打出頭鳥果然是真的吧？可是攻擊鳥的人並非心懷惡意，只是身在組織就會自然而然那麼做。很多人明明是事不關己主義者，卻一心想出人頭地。」她像社會學家一般分析。

常磐不給久我思考的機會，繼續追問：「怎麼樣，久我？雖然這種說法很奇怪，不過你要不要以律師身分進行特搜檢察官的工作呢？就在我們事務所做。」

久我心想常磐春子果真不是泛泛之輩。回想起與她的對話，簡直就像在訊問。深入對方的內心，粗暴地戳破連本人都不知道的真相，令人想下跪認輸。

說教似乎結束了，常磐放鬆了神色，像回憶一般將話題轉到兩年前的人事安排上。

「當時推薦你去特搜部最後卻沒去成，是因為我實力不夠。那時候你應該很失落吧？」

「啊，是的……」

「雖然聽起來像找藉口，但我可是用了最大限度的讚美推薦你的喔。」

常磐又喝下一杯馬丁尼後，說道。

「我的訊問師父是里原前輩，這跟你提過很多次了吧？」

「是的，是在您去特搜部之前吧。」

她從地方廳調往東京公安部任職，在那裡接受時任主任的里原為期一年的鍛鍊。這件事在福岡時就已經聽她說過無數次了。

「北九州殺人案，當你揪出暴力團幹部的嫌疑人，並挖出組長的涉案情況時，我想起了里原前輩的教誨。讓對方說出最糟的真相——久我檢察官做到了。組員即使服刑完出來，沒有組長也就無處可去。這樣的自白連我都沒問出來過。所以推薦久我的時候，我才宣傳說有個特別優秀的里原派門生。」

啊，原來如此。久我抬頭看向天花板。

他知道「里原派門生」的來源了。

6

久我抵達中野的警察醫院時，已經超過和倉澤約定好的時間三十分鐘以上。久我心想可能會因為遲到被責備，小心翼翼地拉開病房的拉門。然後，看見倉澤之前，他的視線就先對上了有村。有村雖然全身痛苦地纏滿繃帶，卻對久我投來堅定的目光。

「呦，身體怎麼樣了？」久我嘗試攀談，但卻被倉澤高亢的笑聲打斷。「喂，這裡是演藝廳嗎？」

「因為，他的話很好笑啊。有村他……」

他想起區檢的檢察官室先前也曾有過相同的光景。

久我聽她說著。

「是黑熊的後續嗎？」

「不是不是，是有村的腳踏車，你還記得嗎？」

「啊，是連輪胎的鋼絲都一條一條仔細打磨的競速腳踏車沒錯吧？」

「他說，從第一次跟蹤松井那天，就一直停在麵包店前面，於是被日暮里署當成廢棄腳踏車回收了……因為當然有做防盜登記，馬上就知道是有村的車，剛才已經聯絡他了。」

倉澤指向放在枕邊的手機。遭毆打後被送進醫院，曾寄放在群馬縣警的手機現已回到手邊。這也是拍下松井逃走時駕駛的ＳＵＶ後半部的相機。

久我盯著手機低聲問：「松井是什麼樣的男人？」

倉澤露出驚訝的表情。「為什麼這麼問？」

「他不是因為搶劫用的車子被有村發現，所以激動到使用暴力嗎？但他卻把拍到車子的手機原封不動留在現場。為什麼不破壞掉？」

「這麼一想，確實是很奇怪。有村你怎麼看？」

他左右搖晃被繃帶包裹的頭，表示不知道。

「算了，抓到他就知道了。喂，傷口還會痛嗎？」

「會痛。不過窩感覺得到每天都在復原。」

倉澤立刻圓場：「有村現在發不出鼻音，窩是我的意思。」

久我點點頭，說為了不要加重傷勢，不用勉強說話。

「沒錯，有村可以安靜了。久我前輩這邊由我來解釋。」

「什麼？看妳的表情，好像是很有趣的內容。」

「是的。」倉澤的表情嚴肅起來，「有村跟我商量了一件很重要的事；順利的話，或許可以改變調查的局面。」

「是松井的藏身處嗎？」

「不是，是先前成謎的共犯。有村說，他有那個人就是武藤結花的確切證據。」

久我睜大眼睛說：「是這樣嗎？」向推翻先前推測的有村問道。

「在駿馬的病房思考過後，我注意到一件事。」

接下去由倉澤說明。

有村騎機車去追松井前，曾經在烘焙店前方巧遇武藤結花。他將寫有手機號碼的名片交給對方時，看到半開的手提包裡有迷你拳擊手套。

「那是發給訓練中心全部會員的紀念品，不過她掛在化妝包上的只有左右兩隻手套的其中一隻。」

「所以說？」

倉澤擺出拳擊手的攻擊動作，伸出右手。「有村在武藤的隨身物品中看見右邊手套，接著想起了左邊的手套。」

「是留在友之的手提箱上面嗎？」

「正是這樣。我認為友之和武藤應該真的是情侶。女生一般不會掛那麼俗氣的吊飾吧？雖然有村一時之間沒有聯想到……但原本應該是掛在備份鑰匙上面。友之的公寓鑰匙現在還在她手上嗎？或是處理掉了呢？」

「也就是說，是這個樣子嗎——」久我先如此說道後，便開始總結自己的判斷。友之因為被渡瀨勝美登記成 AUDIENCE 社長，氣憤地奪門而出。因為武藤告訴他，她待在房間等，因此他便先回到公寓。然後用她所持有的那副備份鑰匙鎖上房門外出，從此一去不返，房間裡才會留下一把鑰匙。他原本應該是打算和武藤一起回去公寓的吧。

倉澤發揮想像力說：「友之的死，可能是她和松井共謀，或甚至是單獨犯案。我認為可以往這方面想。」

久我交叉起雙臂。「等一下，銀座搶劫案的駕駛沒有被受害者看到相貌對吧？」

「這麼說來，確實是這樣呢。」

「因為是搶劫，所以先入為主認為是男性嗎？」

倉澤向前傾斜身體。

「我認為駕駛是武藤的可能性非常高。因為是女性就放鬆警惕可是大忌，說起鴛鴦大盜，就有《我倆沒有明天》的邦妮和克萊德[7]這種例子。」

「不過那是電影劇情吧？」

7 別譯《雌雄大盜》（*Bonnie and Clyde*），是一套一九六七年出品的美國傳記犯罪電影。改編自美國一九三〇年代的真實案件，主角兩人以四處搶劫維生，浪跡天涯。

「你在說什麼，這可是二十世紀初期在美國犯罪史上留名的案件。電影是以事實改編的。」

據倉澤說，女性名叫邦妮・派克，男性則是克萊德・巴羅。將邦妮放在前面的理由並非女士優先精神，據說是因為制定犯罪計畫的主要是邦妮，而克萊德處於從屬地位。在被警方的槍林彈雨射殺前，兩人一共殺害了十三人。電影劇組在調查兩人自相遇到死亡的過程後才開始製作。

她用信心十足的神情繼續解說。

「回到正題，武藤非常熟悉日本橋一帶。她任職的商品貿易公司和 AUDIENCE 一樣位在日本橋，所以去偷竊現金與公司印鑑的就是武藤松井這組搭檔也不奇怪。」

雖說不該過度推論，但久我還是接受了。「如果是武藤負責指揮，那她就是個相當聰明的女人。從搶劫、毒品走私，再到陷害友之是毒販，全部都有計畫。」

倉澤點頭同意。「松井在拳擊中心的室外樓梯後偷偷通話的對象就是武藤吧。有村從松井的手機上偷看到的號碼是預付卡門號，打過去也沒人接，應該已經棄用了；總之，他們的行動非常謹慎。另外，渡瀨勝美提到，松井打電話給他時，都會設定成不顯示來電號碼。」

「為了不留痕跡做得很徹底啊。」

「你說的對，而且也可以觀察到他們有像愉快犯一樣享受犯行的傾向。」

「嗯？從哪裡看出來的？」

「我重新看了一遍搶劫案的資料，裡面有警方未對外公開的資訊。用來恐嚇珠寶銀樓老闆和保鑣的手槍其實是模型槍。犯人走到銀座的大街上，將它用力扔出窗外，就像在炫耀搶劫成功還順便嘲笑被害人……應該不是松井，而是她做的好事吧？」倉澤看似愉悅地想像著。

「喂，我們可不是在寫電影劇本。」久我傻眼地看向倉澤，制止道。「現在這麼想還太早了。不過有一點可以肯定，如果她是整起事件的主導者，那就可以看出她有自戀型和反社會人格障礙的特質。」

「對吧？果然她就是邦妮。」

7

順利取得逮捕令，逃逸車輛的ＳＵＶ也遭全國通緝；然而因無法掌握松井的行蹤而抓不到人，倉澤的劇本沒有絲毫進展。不知不覺間，八月已經結束，區檢的月曆又翻過一頁。搜查似乎浮現長期作戰的態勢，從前天到昨天，又從昨天到了今天，倉澤的焦急與日俱增。

「我好羨慕ＦＢＩ喔。」

「為什麼？」久我心不在焉地問。

「因為他們通過司法考試的人也會去現場調查嘛。」

「的確是這樣，FBI的特別調查官錄取條件是通過司法考試或取得會計師執照。不過制度不一樣，就只是這個問題吧。」

「不用你說我也知道。不過我還是很羨慕可以活用法律知識，又可以去現場的工作。」倉澤一臉不高興地說。因為她非常想參與調查，卻找不到合適的立場。

取得松井逮捕令的同時，墨田署組成了新的調查小組。由刑事課和生活安全課各派出一人，在追出的監督下監視武藤結花每日的行動。

監視的提議出自久我。因為他認為武藤可能接觸下落不明的松井，而且也有很高機率是吸毒慣犯。若試圖將友之的死偽裝成吸食毒品造成的事故，提案的人勢必有過神遊太虛的經驗。在這項前提下，必然會出現接近毒販或自己吸食的時刻——目標就是把握時機逮捕現行犯。

只是不知道需要耗費多少時間與心力。監視在不安中開始，成效卻來得超乎預期地快。第三天晚上，調查員跟蹤從自家外出的武藤時，發現她在六本木站的廁所變裝。一改清新的裝扮，梳高頭髮，服裝全黑……由於變化太大，調查員認不出來是同一人而跟蹤失敗，不過車站的監視器拍下了武藤變裝後的身影。

追出一行人頓時湧現幹勁。然而前路漫漫，自開始監視行動已經過去將近十天。期間暑熱漸消，雖然變得較為舒適，但兩名跟蹤人員的體力也開始耗損。

久我心中同樣充滿焦慮，而倉澤在這種狀況下也無法平靜，劈里啪啦敲擊鍵盤的聲響滲出焦灼的情緒。她正四處搜尋武藤的資訊是否遺漏在網路社群的某個角落。坐在區檢裡，只能做到這種程度的工作。

「你相信現在二十多歲的女生有不玩社群軟體的嗎？連她讀哪間高中都不知道。為什麼她要退學啊？」

久我對小聲嘀咕的倉澤投向嚴厲的視線。「喂，高中退學這種事在網路上當然查不到。雖然我跟有村都阻止過妳了，但這應該是在外面四處打聽問到的吧？」

倉澤厚臉皮地抬起下巴說：「對，就是這樣，我在練馬四處打聽了一番。我現在很後悔，要是有更深入調查她的身家背景就好了。」

「話說回來，她父親明明是都議會議員，但選舉時她卻完全不出面。」

「洗衣店的婆婆提到，傳言說她在拍成人影片。」

「那有什麼關係嗎？」

「你不感興趣？」

「對ＡＶ嗎？」

「不要說笑了。鄰居什麼確切情況都不知道，我只能想到是父親對周遭隱藏了女兒的存在，把她當成選舉的風險因子來處理。變裝的理由不也是這樣嗎？有時是嫻靜高雅的千金小姐，有時是哥德風的全身黑女子，有時則是蒙面大盜……」

「就別說廢話了。」

「什麼是廢話？久我前輩難道沒有想跟犯人一決勝負的心情嗎？」

「當然有。」

「既然如此，請讓我去現場。」

「要我說幾次妳才明白？信任並等待警察就是我們的工作。」

「光是等待能叫工作嗎？」

「沒錯。下次再跑出去，我可不會輕易放過妳。」

8

倉澤傳喚尚未反省就被釋放的三橋爺爺，剛剛結束訊問。為了讓簡易庭接受略式命令，她正用電腦製作訴訟資料。和解後雖然也有不起訴的選項，但倉澤認為有再犯可能；久我尊重她的意見，允許她向簡易庭請求刑罰。

「怎麼樣，看過我做的筆錄了嗎？」

「做得很好。犯人俯視撿拾一片片碎玻璃的店主，罵他『讓我吃這麼難吃的東西』的場面非常有震撼力。」

也許是受到稱讚而感到開心，倉澤放鬆了表情。
「話說久我前輩，你從剛才就一直在用電腦做什麼？裁決應該早上就全部結束了。」
「嗯，我在做研究。希望可以成為調查小組的後勤支援。」
倉澤興致勃勃地起身，走到久我旁邊，看向他手中的東西。是汽車的結構圖。
「這是賓士的車體內部嗎？」
「沒錯。你看，橫濱海關的人跟有村說過了吧，想藏毒品的話，應該會藏在懸吊系統裡。」
久我伸手指出結構圖上的車軸，那裡連接著數個圓筒狀的零件。
「代表圓筒內部是空心的嗎？」
「好像真的是這樣。這是經過密封，不會有空氣進入的構造，這樣一來緝毒犬也無計可施。」
電腦畫面同時運作著統計軟體。
「你在跟什麼數字搏鬥？」
「我在估算一次能運送多少毒品。」
「原來如此，為了推測走私的規模啊。那麼答案是？」
「嗯，雖然算完了，不過出現一個疑問。」
久我托著臉頰，擺出深思的動作解釋：「如果是粉末，一臺賓士就得以運送三十公斤。」

「用零售價算起來是多少？」

「要看毒品的種類。古柯鹼的話，大概有六億吧。」

「欸——好驚人的金額。」

一共進口了三臺賓士，也就是進行了價值相當於十八億圓的走私。

倉澤歪著頭提問：「這樣有什麼問題嗎？」

「規模太大了。」

「所以呢？」

「不屬於暴力組織的人突然做起這麼大規模的生意，妳以為那些行家會默不作聲嗎？」

武藤和松井身邊完全沒有黑社會的蹤跡。久我對這一點感到非常不可思議。

「糟糕，這樣不行。」

久我像忽然想起什麼一樣，啪一聲闔上電腦，匆忙套上西裝準備離開。

「發生什麼事了？」

「今天是家族會議，要討論我女兒升學的事。是準備報考法學部還是怎麼樣，我打算確認一下她的想法。」

「目標是前進司法界啊。」

「好像是這樣。」

久我的表情有些陰鬱。想到必須談起英年早逝的父親，心情不免沉重起來。

9

太陽早已落下，兒童公園裡卻仍然傳來孩童的歡笑聲。他們正在街燈微亮之處，用橡膠球玩三角棒球[8]。久我被他們吸去注意力，一邊朝向宿舍走去。經過腳踏車棚時，遇見了田中博。他正站在車棚下，和看似記者的男性隱密地交談。

記者注意到久我，田中隨著他的視線回頭。

田中對記者說了幾句，像要甩開對方似地朝久我跑來。時間才剛過六點。以特搜部的人而言，這麼早回家可說是相當罕見。

「久我前輩，正好在這裡遇到你，要不要去喝酒？我發現那邊有擺攤。」

「喔，路邊攤，不錯啊。」久我答應了。久我心想多香子只說在八點前回家就沒問題，這段時間應該可以陪他。

8 簡易棒球的一種，不同於正式棒球比賽，沒有二壘，場地因此為三角形而得名。別稱三人制棒球，但其實對參與人數沒有限制。

田中尷尬地說：「被久我前輩看到奇怪的事了。」

「剛才是那個錯失獨家的記者嗎？」

「是，就是那個因為知道太多消息反而寫不出報導的記者。不過他很有魄力地說，進入強制調查後一定要雪恥。」

「你跟他說了什麼嗎？」

「怎麼可能。」田中搖搖頭。

攤位上沒有其他客人。坐上圓板凳，點了冷酒[9]和幾種關東煮後，田中露出一副苦澀的神情：「我想那個記者，應該不會再來找我了。」

「為什麼？」

「我被調離高津安秀的案件了。」

久我為之語塞。「被其他檢察官代替了嗎？」

「是的，和直告組的隈元主任交換。福地部長當面告訴我的。」

特搜部共分為三組：

特殊直告組。

經濟組。

9 清酒的一種飲用方式，是指冰鎮或冷藏過後的清酒。

財政組。

直告組是透過獨立調查揭發貪汙與企業腐敗的部隊，經濟組負責公平交易委員會和證券交易監視委員會轉交的案件，田中所屬的財政組則負責國稅廳的刑事告發案件。雖然職責已經劃清界線，但遇到重大案件還是會由身為主力的直告組出馬。

「我先說了，是我的實力還不到位。」

「目前蒐集到的證據還不足以用來起訴嗎？」

「是的，但福地部長並沒有放棄這個想法。但高津如果一直否認下去就不妙了。」

「結果還是需要供述啊。」

「是的，要讓他說出來。我的訊問手法還是不夠格。」

久我無法立刻回想起接手調查的隈元的綽號。「他在特搜部被叫做什麼？」

「毒蛇。」

「啊，原來是這樣。毒蛇隈元。真不想跟他扯上關係。」

田中笑了出來：「他平常是開朗又隨和的人喔，連嫌疑人也很喜歡他。我想大概是他自己開玩笑宣傳的綽號。不過，到了關鍵時刻，說不定真會像毒蛇咬人一樣強而有力地調查呢。」

「他會跟常磐交手嗎？」

「應該會吧。對了，我從剛才那位記者手上收到這個。」

田中從胸前抽出一張紙，攤開給久我看。「這是明天上架的週刊影本，我想這篇報導的背後應該有福地部長指導吧。」

〈下任檢察總長．里原與前檢座界女王．常磐的糾葛〉

這是一則深入觀察特搜部調查的報導，文中以被稱為「政界調查的起點」的逃稅案為中心，寫到曾是師徒關係的兩人分道揚鑣、針鋒相對；還附上常磐離開檢察體系時的歡送會照片。她和里原並肩站立，面對鏡頭微笑。

久我不耐煩地說：「把里原寫得像特搜部的盟友一樣，如果真是福地透露的，目的應該是為了牽制他吧。」

「果然你也這麼想吧？」田中小聲說，將報導收回胸前。

福地最畏懼的是，里原注意到案件的弱點而拒絕立案。報導悄悄指出了這點。

「如果福地被里原踢出案件，接下來可能就會有懷疑里原和常磐勾結的報導。」

「說里原為了討好執政者，搓掉被稱為政界調查起點的案件——大概會產生這樣的檢察腐敗論。在野黨也會趕緊追上來。」

田中嘆了口氣，喝下冷酒。「很卑鄙吧。他不用證據，而是靠操作輿論，把立案的準備都做好了。」

「但這也表示福地部長的執念已被點燃。里原又會怎麼行動呢？只不過，他應該不是會因這種拐彎抹角的威脅報導動搖的人吧。」

「是的，我也這麼認為。但是從福地利用久我去跟里原挑釁的那一刻起，就已經是要拚個你死我活的心態了。」

「里原派門生的苦難嗎？喂，以那個錯誤傳聞為前提的話題，還是就此打住吧。」

「抱歉。」田中的道歉顯得有些單薄。「你因為走漏消息被小橋叫去問話，還被大罵白癡對吧？太過分了。」

「嗯，那倒也是事實。」

田中的笑容帶有幾分孤寂。「正義的周遭圍繞著人類欲望的漩渦。我想辭去檢察官——這是我第一次有這種念頭。」

久我默默點頭，表示認同他的心情。

「我輸了的確是事實。但我不知道自己究竟是輸給什麼。」

他抬頭發出突如其來的提問：「久我前輩繼續當檢察官的理由是什麼？」

「被人冷眼相待還繼續堅持，會很奇怪嗎？」

「不，完全不奇怪。其實我曾經調查過久我前輩。」

「什麼嘛，我無路可退啦。」

田中剛到任特搜部時，一踏進自己在九樓被分配到的辦公室，就發現本該掛在門上的「久我周平」名牌落在桌上。

「因為我很在意，就去查了你的起訴紀錄：幾乎沒有被告在庭上否認的案件。應該是在調查階段就讓他們接受為什麼會被問罪了吧。我很佩服你做出這麼多成果。不過福地部長也注意到，久我前輩知道他用調活費打高爾夫的事情，所以才取消你的調職。」

「別人告訴我，是吉野插手了。」

「那肯定是假的。」

「嗯，其實我也有同感。」

「久我前輩，你不會覺得不甘心嗎？如果是我的話，早就辭職了。」

「這種想法很普通嗎？」

「是的，所以久我前輩一點也不普通喔。」

「我確實很失望。不過完全沒考慮過要辭職。」

「為什麼？」

「嗯，我剛當上檢察官時的事，現在回憶起來還是很開心。」久我看著遠方說。「我讀國中的時候，我爸過世了。然後經過兩、三年，我才知道檢察官這個職業……」

10

檢察官室內只剩下倉澤一人。她心想差不多該回家了，正抬頭看向掛鐘時，外線電話突然響起。她拿起話筒，傳來追出的聲音。

「哎呀，是倉澤嗎？」

「要找久我前輩的話，他已經下班了。他今天好像無論如何都要和家人一起吃飯。」

「這樣啊，抱歉打擾妳啦。」

「有什麼事情嗎？」

「武藤結花終於變裝了。這次是在澀谷站的廁所。」

是她期盼已久的聯繫，倉澤心跳加速。「跟蹤成功了吧？」

「她進了宇田川町一間叫 Hermes 的俱樂部。熟悉毒品的人說，傳言這間店有毒販四處遊蕩。機會就是現在。」

隔著電話也能感覺到追出握緊了拳頭。

「也就是說，今晚很有可能逮捕成功？」

「我是這麼希望。調查員現在已經順利潛入店內，我們也急忙帶了幾個人在外面埋伏。」

「在店外嗎？」

「萬一錯過接觸毒販的時機，也能從行動觀察出來是否有吸食毒品，到時候就用盤查來圓場。祈禱我們的成功吧！」

「沒問題！」

倉澤放下電話，嘗試在網路上搜尋名叫 Hermes 的店家。應該是相當受歡迎的俱樂部，所以馬上就找到了官網。足以容納三百人的大規模店面，掛著這樣的橫幅廣告。

歡迎女性加入

初訪客也可放心

倉澤盯著電腦螢幕，哼了一聲。

久我眼中映照出自己出生長大的瀨戶內小鎮的景色。不可思議的是，長年緊閉的嘴竟然不受控地動了起來。

「我很久沒回去老家了，父母的墓也都交給親戚打理。因為菜穗覺得很奇怪，我想是時候該做個了斷了，但還是很難開口。」

「您父親是怎麼過世的？」

面對田中的問題，久我悶聲低下頭：「我爸是自殺的。水管工程公司負債累累，他無計可施，去了附近的森林，就再也沒有回來了。他以了結自己的生命來換取保險金，他大概不知道還有宣告破產這種方法吧。」

「很痛苦吧。太痛苦了……」

田中似乎不知如何接話，默默往杯子裡倒滿冷酒。

「公司做不下去的理由讓人非常不甘心。當時有個像地頭蛇的縣議員，不過現在好像已經死了；業界團體經常捐錢給他，但我爸拒絕參與，當然也沒去參加競選活動。」

「然後就被公共工程排擠了吧。」

「縣內和鎮內並沒有太多工程。一直給我們案子的建設公司被施壓，生意就做不下去了。老爸死後，還是小孩的我就曾想過：難道光是認真工作，是沒辦法在這個世界生存的嗎？」

於是我開始無法相信四周的人，漸漸遠離故鄉。

「所以少年久我才想要打擊貪腐啊。」

「我正是這麼想。高中的時候，我在報紙上看到，記錄建設圍標[10]案件的報導中，寫到檢察廳設有特搜部，職責是揭發經濟行為中的不當之處。」

久我把自己本來不喜歡讀書，後來如何決意要上大學，以及司法考試多次落榜也不氣餒的事都告訴他。「我並不是像你們這樣的資優生……可能就是所謂的有志者事竟成吧？」

「原來如此，久我前輩是被父親引導到檢察官的這個世界啊。」

「嗯？」

「就是這樣吧？您父親說著加油，努力在後面鞭策兒子。」

10 圍標也稱為串通投標，指以一家企業在投標過程中，透過與部分競爭者串通，共同壓低或提高投標價，以排擠其他競爭者，從而實現中標或等同的實際目的。

久我鬆了一口氣。即使被排擠也無法討厭檢察官，這大概就是其中一個理由吧。至今為止，久我已經努力挖掘嫌疑人的內心深處無數次；但仔細回想，卻不曾嘗試挖掘自己的內心。

田中趁勝追擊提問道：

「久我前輩，你想去特搜部嗎？」

沉默片刻後，久我咆嘯般地說：

「想去！」

久我向路邊攤攤主點了一升瓶[11]裝的酒。用膝蓋夾著酒瓶，邊拉開瓶塞邊說：「小博，要不要比一場？」

「要比賽嗎？正合我意。」

田中氣勢十足地答應，從久我手上搶過酒瓶，往杯子注入滿滿的酒；連換氣的空檔都不留，整杯酒一飲而盡。他迅速冷靜下來，帶著古怪的眼神說：「今天我不會輸的。」

「誰知道呢。」

久我露出自信的笑容，接過田中倒的酒。

11 一升瓶是日本的一種規格化的玻璃容器，其容量為一點八公升。

11

倉澤思考著自己是時隔多久再度踏上夜晚的澀谷街頭。在記憶中搜尋，她想起大學時代受邀參加聯誼的事；她走進年輕人聚集的地區卻找不到店的位置，最後向宇田川派出所問路。

不過，現在有手機導航了。走到箭頭所指的地點，抬頭一看，Hermes的招牌和絢麗的燈飾映入眼簾。倉澤環顧四周，雖然追出說會在店外埋伏，但沒有看見他的身影。難道是藏在車內嗎？

搭乘電梯上三樓，音量超大的嘻哈樂曲隨即衝進耳朵。一瞬間，倉澤因為畏縮而停下腳步，入口附近的男店員立刻上前。他身形高挑、體格壯碩，頭髮削得極短。倉澤猜測他或許還兼任保鑣。

男人問：「請問您是第一次來訪本店嗎？」

倉澤回答「是」後，被帶到了櫃檯；但是當她準備用信用卡支付入場費時，卻被男人拒絕了。

「非常抱歉，本店只接受現金。」

「哎呀，現在這年代不能刷卡？該不會在逃漏稅吧？」

「怎麼可能，這是為了不要耽誤入場時間。」男子冷靜地搪塞倉澤的質疑，低聲詢問，「請問您有帶駕照嗎？請借我確認一下年齡。」

「我看起來像十幾歲嗎？[12]」

男人浮現困擾的神情。「這是規定，請您出示駕照。本店根據《風營法》[13]接受警方監督，我們必須確認入場者的年齡。若違反規定，會產生嚴重的後果。」

雖然不太願意被知道姓名，倉澤還是不情願地交出駕照，付了據說是男性價格一半的入場費。

倉澤接著被帶到衣帽間，寄放手提包後，便踏上地板傳出音樂波動的大廳。為了平復激動的心情，她深吸一口氣，混雜酒精與香水的氣味頓時流入鼻腔。天花板很高，迪斯可球在昏暗的大廳內灑落細碎的光線。

略為高起的舞臺上，站著一位戴領結的白人ＤＪ。他沐浴在藍色照明之下，軀體微微擺動。服裝與音樂的衝突感構築出異次元的空間，周圍聚集著數十名舞動的觀眾，在ＤＪ的引領下，揮著手臂，歡聲吶喊。

在盛裝跳舞的女性中，混著一個長相稚嫩、無論怎麼看都只有十多歲的小女孩。不

12 日本年滿十八歲可以報考小客車駕照，但年滿二十歲才能飲酒。

13 即《風俗營業規制及業務適正化法》。

出倉澤所料，檢查身分恐怕也只是敷衍了事吧？稍早那位接待人員兼保鑣的首要任務，或許就是在檢查身分時睜一隻眼閉一隻眼吧。

舞池周邊設置了像飯店酒廊一樣舒適的座位，其中一隅聚集著看似正在聯誼的男男女女。男人們或許才剛下班，幾乎全員都身穿格外保守的西裝；異性交互而坐、雙肩緊靠，一對一對間留出微妙的縫隙。倉澤想，即便是今晚才認識的男女，在舞蹈、音樂與酒精的魔法下，也會讓身體迅速貼近到可以感受彼此鼻息的程度吧。傳染病的記憶似乎正從年輕人身上匆匆離去。

倉澤假裝挑選座位藉機尋找武藤，但在座位區沒有看見她的行蹤。倉澤猜測她也許在ＤＪ附近跳舞，便往吧檯走去——武藤就在那裡。倉澤不自覺屏住呼吸。以髮蠟豎起的頭髮、濃重的眼影、黑色花邊的絲帶在頸部飄動，從敞開的的襯衫領口可以看見她的乳溝。

倉澤已經將六本木站的監視器畫面反覆看到刻入腦海中，絕不可能出錯。她想親眼見識的女人就只有幾步之遙。

一位打扮中性的金髮女服務生經過時，拍肩叫住武藤。兩人或許是舊識，武藤手拿雞尾酒開始與她親暱地談話。

倉澤隨意選了吧檯最靠邊的座位，向調酒師點了無酒精啤酒。

調查員究竟在哪裡？追出打來的電話告訴她「已經順利潛入」。她再次環視寬敞的店內，兩名男性在沙發上飲酒談笑，一人留著時下流行的時髦鬍鬚，另一人雖然在室內卻帶著像太陽眼鏡的有色鏡片，看起來都不像警察。如果他們是調查員，可以說是喬裝得非常成功。

武藤開始移動。她將酒杯擱在吧檯，走入在快節奏音樂中輕快跳舞的人群中；她的身影迅速消失。

正當倉澤不知所措時，有人搭上她的肩膀。

「欸，我說妳要不要跟我過去那邊？」

是那個戴有色鏡片的男人。一靠近，便可看見銳利的目光正穿過鏡片向深處窺視。

「我在哪裡見過你嗎？」

男性搖頭。「不過，我認識妳。一直沒上前跟妳搭話，我很後悔。」

難道是暗示在墨田署見過面？如果是調查員，或許正在尋找可以跟隨武藤進入人群的搭檔；倉澤點頭表示同意。男人拉著她的手，護送她到舞池。走入彩虹般的光粒在人體上交錯映照的區域後，便發現了武藤沉醉於旋律的身影。

倉澤謹慎地活動手腳，目光始終不曾離開武藤。

「妳在看哪裡？請看著我。」

有色鏡片男掛著虛偽的笑容靠近。

「你在做什麼？好噁心。」

倉澤瞪了他一眼，用力將他推開。男人嘴上說著「好可怕」，卻用更加猥瑣的表情面向倉澤。這種人絕不可能是調查員。倉澤雙眼射出冰冷的光線，凶狠地趕走男人：「去旁邊！」

時機來了。武藤一邊跳舞一邊瞄了一眼手錶。就在倉澤認為她想要中斷跳舞時，武藤加快腳步離去。

倉澤撥開人群追上去。武藤從翹著腳裝模作樣的蓄鬍男人面前走過，男人沒有任何反應。原來他不是調查員。倉澤的心情開始焦急。沒有任何人在跟蹤。一番東張西望後，武藤走進標示著洗手間的通道。

倉澤擺脫一瞬間的遲疑，繼續追上。女廁本來就不是男性調查員能跟過來的地方。

倉澤進入通道時，武藤的身影已經消失了。儘管內心湧上一陣急躁，倉澤依然保持緩慢的腳步走進女性專用廁所。在相連的隔間中，有一間是上鎖的。倉澤對著化妝鏡裝作整理頭髮，等武藤出來。

不久後，傳來沖水的聲音。門被推開了，倉澤用眼角餘光注意到一道黑影出現。黑影緩緩靠近，來到倉澤身邊，然而映在鏡中的女性並不是武藤。糟了。她的目的地是通道盡頭的緊急逃生梯！說不定已經離開大樓了。倉澤往口袋裡翻找手機準備聯絡追出，卻突然想起手機寄放在衣帽間，便下定決心走向緊急出口。

一轉把手，門馬上就開了。倉澤腳邊堆放著清潔用具，雖然早已有所留意，但或許是心神不寧的緣故，腳尖碰上了倒放的拖把，連同旁邊的水桶砰地一聲滾到地板上。哎呀呀……倉澤差點摔倒，呈現彎腰單腳跳的模樣；她就以這個姿勢，和站在逃生梯下方平臺的男人四目相對。

站在那裡的，是通緝犯松井祐二。他正準備將一串像鑰匙的物品交給武藤。松井目不轉睛地盯著倉澤。

「這女人……」

武藤的視線在兩人間來回游移。她問男人：「怎麼了，你認識她？」

「我之前見過這傢伙，在我家附近鬼鬼祟祟的。混蛋，你是條子吧！」

松井猛然衝上樓梯，抓住倉澤。

12

一杯接著一杯，一升裝的酒即將見底。田中博似乎一喝醉就會恢復關西腔，久我聽著他模糊不清的發音，心想已經贏得今晚的比賽。

「越聽越覺得那個姓有村的警官真是個好男人，幸好有去救他。」

「因為年輕所以恢復得很快。昨天我去探病的時候，他都可以伏地挺身了。」

「連銀座搶劫犯都能被他找出來，太了不起了。通過下次的巡查部長考試應該完全沒問題了吧。」

久我愁眉苦臉。

「怎麼啦，久我前輩，表情這麼沉重……現在不是該大聲恭喜有村嗎？」

「這……他想要辭掉警察的工作。」

「咦？明明好不容易奮鬥到現在了？」

「他說自己不得不回去鹿兒島繼承農場。本來打算繼承的哥哥好像沒什麼定性，春天就不做了。」

田中雙手掩面，嗚嗚發出啜泣。他好像喝醉就容易流淚，平日精明的田中已不見蹤影。

「他不是為了晉升才那麼努力的嗎？」

「是啊。話說，倉澤也是原因之一。」

「她怎麼了？」

「倉澤也去探病過幾次，有村好像沒跟她提過要辭職的事。」

「他是什麼心態？」

「迷上倉澤了吧。」

「嗚，我更想哭了。」

田中難過地晃動身體，大力拍著久我的背。

「那倉澤的心情是？」

「我不知道。她是很暴躁的類型，我去問這種問題的話會有生命危險。」

「原來她是這樣的人啊。每次我去檢察官室時，她都很熱情地接待我，還以為她是個性情溫和的女生。」

「小博不知道那傢伙的真面目啦。」

「不過，久我前輩，總覺得你很開心呢。」

「還好吧，不過最重要的案件卻幾乎沒有進展。」

「什麼意思？」

「幾乎沒發現走私的證據。本來很期待搜索正在逃亡的松井的家，結果什麼都沒有發現。」

田中雙手抱胸，一副靈光乍現的樣子；只不過眼神看上去昏昏欲睡，彷彿就要溶解在空氣中。「嗯……剛才聽了久我前輩解釋，我就在想，藏在車裡運來的東西，真的是毒品嗎？」

「不然是什麼？」

「逃稅。」

「咦？」

「你認為我在特搜部是哪一組？」

「不是財政組嗎？」久我這麼一說，就像突然發現什麼似地瞪大雙眼。「原來如此，是逃漏消費稅……」

用賓士車體祕密運送的可疑物品是什麼？久我說出答案。

「是金塊吧。」

嗝。田中一邊打嗝，一邊點頭。

黃金市價在世界各地都相同，然而各國的消費稅率不同，也有國家不針對黃金交易課稅。若是從毋需課稅的海外地區購買金塊運到日本，即便只是加上10％稅額，都可堪稱高價出售。而且因為不用納稅，可以獲得高額利潤。

「我在聽搶劫案的話題時突然想到的。如果有五億圓，貪婪的人就會想充分運用吧？這幾年也接連發生利用旅客走私的案件。」

「你的推測可能是正確的。」久我露出同意的神色。如此一來，便能消去「暴力組織對走私毒品坐視不管」的疑問。

田中似乎已經達到酒精耐受量的極限了。他像被強風吹動的老樹一樣晃盪著身體說：

「是這個低利率時代的10％喔。賺大了……嗝。」

13

松井襲擊過來時，倉澤抓起腳邊的水桶扔了過去。然而只是徒勞般從松井的肩上掠過。

倉澤聽見水桶掉下樓梯的聲響，急忙轉身，伸手握住門把，卻被大力抓住上衣，向後拋摔，肩膀重重撞在地上。她睜開眼睛，松井正佇立著俯視她。倉澤注意到臉旁的拖把，試圖抓住握柄，但肩膀傳來一陣劇痛，手臂無法伸展。

「混蛋，妳是什麼人？」

她聽見武藤平靜的聲音，就像在安撫正在威脅她的松井。

「祐二，不要在這種地方大聲講話。」

武藤的臉以天花板為背景登場。倉澤被眼影之間的細長雙眼俯視著。武藤有一雙冷淡的淺褐色眼睛，眼角下垂地恰到好處，讓人產生正對自己微笑的錯覺。

「抱歉，他這個人有點沒耐心。」

或許是因為音域較低，武藤的聲音聽起來相當沉穩。倉澤不合時宜地想起某位好萊塢女星的祕訣：她為了展現自己的知性，接受採訪時會刻意壓低聲音。然而冷靜只保持到此刻。

砰！

武藤以淺口鞋的堅硬鞋尖用力踹向倉澤的側腹。倉澤呻吟著抱起腹部。

「妳是什麼人？」武藤說著，彎下腰注視倉澤的臉。她的眼神看不出任何情緒，只帶著表面上的笑意。

砰！

她又踹了一腳。

「這個人是不是連自己的名字都不知道啊？」

倉澤喘著氣說：「客人，我是客人，只是在通道迷路了，為什麼要這樣……」

砰！還沒來得及說完，武藤接著一腳踢中心窩。

「不……不要這樣……」倉澤試圖用顫抖的聲音阻止。

武藤抬起下巴示意松井動手搜身。不過身分證和信用卡一類都寄放在衣帽間，不可能被他發現。

倉澤虛張聲勢：「你們是白癡嗎？就說過我是客人了。東西也全部……」

武藤沒有生氣，沉默地俯視著倉澤。武藤像突然想起什麼似地點頭，用淺口鞋底踩上倉澤的臉。

臉頰被緊緊壓在地上。可能是嘴唇破了，鮮血的味道在口中擴散。

松井問她：「欸，要是這傢伙是條子怎麼辦？」

「也是，但她已經……這樣也不錯。」

「『不錯』是我可以痛打她的意思嗎？」

與猶豫不決的男人形成鮮明對比，女人點點頭，彷彿在說沒什麼。

倉澤拚盡全力想站起身。但鞋底更用力地踩住她的側臉，倉澤只能呻吟。

「喂，快點啦。」

「蠢女人。」

松井用充滿威脅的嗓音低聲說。他抓住倉澤的西裝領口，粗暴地向上扯。充滿血絲的眼球逼近鼻尖。松井也許無法拋下對於打女人的抗拒，嚥了下口水，將緊握的拳頭停在自己面前。

猶豫的一瞬間幫了倉澤。緊急出口的門被推開，有人衝進來飛撲到松井身上，頭上戴著像橄欖球選手般的頭盔。倉澤看見有村的臉，才發現那是醫用護具。

有村展現出不像傷患的敏捷行動。松井的背部撞上牆壁，趁他還沒能重新調整好姿勢，有村便扣住松井的手臂扭轉到背後。

「放開我，你這傢伙！」

松井拚命掙扎，但有村一施力，他的臉便因疼痛而扭曲。

武藤站在原地，驚訝地眨著眼，但隨即轉身跑下樓梯。

「有村，武藤逃走了！」

「沒關係，不只我一個人。」

壯碩的男人此時開門跑進來，是店裡的接待兼保鑣。

「有村！沒事吧？」

男人說著，將帶來的手銬戴在松井的手腕上。

有村說：「武藤下樓梯逃走了。」

「了解。」男人點頭，從腰部內側取出攜帶式無線電。「我是關口。女人從逃生梯跑走了，麻煩你們逮捕了。」

然而無線電裡只傳來雜音，沒有人回答。直到人聲響起的數十秒間，感覺格外漫長。

目標逮捕！目標逮捕！

擴音器傳來期盼已久的消息。聲音的主人是追出。有村和自稱關口的男人鬆了一口氣，兩人面面相覷。

追出還有一件要事。

逮捕事實、呃、啊、那個……喂，關口，倉澤檢事在那邊嗎？

「是的，在我旁邊。」

關口將無線電遞到還躺在地上的倉澤嘴邊。

不需要詢問追出想知道什麼。為了避免產生誤解，倉澤鼓起精神，用最清晰的語調朝著無線電說：「請告訴武藤她是藏匿犯人的現行犯，有協助通緝犯松井逃亡的嫌疑。

無論如何都不要提起有關毒品的罪名，這部分還沒確認。」

「了解！」

擴音器傳來追出的聲音。

松井無法繼續隨意施展拳腳，如同變成貓的老虎一樣溫順。此時另一位調查員跑上階梯，與關口兩人合力架起松井，緊緊扣住他的手臂下樓。交接犯人時，有村用姓氏關口、青木加上巡查部長的敬稱來稱呼兩人。

倉澤撐起上半身，放心似地深嘆一口氣。與此同時，有村則靠牆坐下，將虛脫的雙腿向前平伸。當關口一行人離去後，表情嚴肅的有村緩慢站起。

「啊，那個、有村……」

倉澤一時語塞，隨即聽見怒吼。

「要我說幾次妳才懂，笨蛋！」

「對不起、對不起……」倉澤聽見自己的哭聲在狹小的空間中靜靜作響。血味尚未從口中散去。

「絕對不要再做這種事。」

「我知道了。這次我會反省，不會再有下一次了。」

「真的嗎？」

「我發誓。」

倉澤癱坐在地，連忙低下頭。當她再次抬頭，有村的表情已經稍微和緩了些。

「妳真是會給人找麻煩。我剛才還在隔壁的警衛室用螢幕監看店內，因為只有我見過武藤……但是比起這個，妳知道要是我不在的話，妳會怎麼樣嗎？關口先生和青木先生可不認識妳喔。」

倉澤無言以對。有村注意到她這個輕率上前追趕武藤的監視菜鳥，便拖著尚未完全恢復的身體前來拯救她。

「沒想到松井竟然在這裡，我也嚇了一跳。幸好在關鍵時刻這副身體能動得起來。」

追出氣喘吁吁地爬上樓梯，或許在下方的平臺專心聽了好一陣子。

「喂，對有行動力過了頭的檢察官的說教結束了嗎？」

「是……不對，還有一件事。」有村稍作停頓，用叮囑的口氣說，「請不要隨便跟著不認識的男人走。」

「才不是，那個、我以為他是調查員……不過才稍微聊了幾句，馬上就發現他是個怪人。」倉澤慌了。

在倉澤語無倫次地解釋時，她注意到有村在偷笑。「難道說，你在開我玩笑？」

有村點點頭。「這是之前的回禮。」

「你果然是在記仇吧！」

他笑了。但不知道是不是哪裡疼痛，有村痛苦地皺起眉頭，然後向倉澤伸出手。

「好了，慢慢站起來吧。」

溫度自指尖傳來。如果可以，好想緊緊抱住他大哭一場。

離開大樓時，武藤正要坐進警車的後座。她注意到倉澤，突然停下動作回頭看。就和她以天花板為背景出現時一樣，還是那雙看不出感情的淺褐色雙眼。

14

人們總一而再再而三犯下同樣的錯誤。

與某個早晨雷同的光景再次出現——

久我被前所未有的巨大打嗝聲叫醒，起床衝進廁所。他緊緊抱住馬桶，任憑嘔吐浪潮反覆席捲身體。

苦澀的胃液與酸臭不斷通過喉嚨，眼角泛淚度過將近二十分鐘後，終於再也吐不出任何東西，起伏的肋骨也不再感到疼痛。

久我搖搖晃晃地起身，在洗手臺漱口後坐上餐桌。他頭髮凌亂、臉頰凹陷，彷彿失去生氣的呆滯視線在空中游移。此時多香子在久我面前坐下。

多香子瞪著他說：「嗚，好臭。你沒洗澡吧？」

「嗯……」久我無力地點頭。

「融合了野獸和酒精的臭味，怎麼想都不覺得是人體能發出的味道。」

「妳說的好過分……噁……」想嘔吐的感覺再次湧現。久我伸手按住嘴，試圖抑制攀上食道的物體。

「昨晚已經罵過了，今天就不對你說教。」

「我記住了。」

「騙人。你是因為不想再被說教才撒謊的吧？」

「不，雖然印象有點模糊，但我記得。田中博也跟我一起挨罵了。」

「我才沒有罵他，我只是跟他說要認真一點。算了。不過，他把你背回來，或許應該跟他道個謝才對。」

「欸，什麼？我輸給他了嗎……」久我茫然地喃喃自語。

「好像是這樣。田中先生說，先失去意識的是你。」

「一副得意洋洋的嗎？可惡——」

「真是讓我無言了。都一把年紀了，你們是白癡嗎？為什麼還像學生一樣比拚什麼酒量啊？聽說還是周平你提議的吧。」

「那傢伙連這種細節都說了？意外地是個沒骨氣的人啊。」

「不要再轉移話題了。看著我的眼睛。」多香子的語氣變成審訊官。

「菜穗的事情？」

「對啊，你把決定女兒將來的家庭會議拋在腦後。」

「抱歉。她很生氣嗎？」

多香子像要射穿丈夫的臉部一般伸出食指。

「你跟這孩子一起生活幾年了？」

「十八年又三個月。」

「嗯，能馬上答出來，還算是合格的父親。可是，你有想過這孩子被你拋下不管，會生氣、會難過嗎？」

「沒有，我沒想過。那孩子不怎麼表露情緒。」

「你不覺得就像某人嗎？」

「像我？」

「絕對是像你吧。說得誇張一點，你根本不會表現任何情緒。」

「那又怎麼了嗎？」

「我一直以為周平即使遇到討厭或痛苦的事情，也不會生氣的理由，是因為你在忍耐。不過看了那孩子我才注意到，你是不擅長生氣吧？菜穗繼承了你的這項基因。」

「是嗎？原來我不擅長發脾氣啊？」

「算了，也是有優點啦。」多香子小聲地說。

趁妻子情緒稍微好轉，久我說出昨晚失去意識前的決定。

「我要跟菜穗說我爸的事。」

一時間，多香子震驚地看著丈夫。

「他為什麼會死，他的兒子又為什麼會成為檢察官，我會試著用自己的方式告訴她。」

經過數秒的沉默，妻子深深點頭。

「我覺得沒問題。」

久我拿起桌曆，目光停留在包含秋分、將近十天的連假。

「馬上就到秋彼岸[14]了啊……到時候全家一起去掃墓吧。我想讓菜穗看看我成長的城鎮。」

「這樣的話，那我先看一下這段期間有沒有安排模擬考。」多香子用振奮的聲音說。

久我也沒有隱瞞另一項決定。

「我想辭掉檢察官。」

「咦，你決定接受常磐女士的提議嗎？你看起來好像沒什麼興趣，我還以為你會拒絕呢。」多香子露出意外的表情。

14　彼岸為日本傳統節日之一，一年兩次，分為春彼岸和秋彼岸；兩者各以春分與秋分為中間日，加上前後三日，各為七天的連續假期；此期間會去掃墓、祭拜祖先。

「可以嗎？」

「我們是沒關係啦……不但會加薪，也不用調職……」

「好現實啊。」

「不過，怎麼這麼突然？」

「我注意到了。」

「什麼？」

「我已經 Satisfaction（滿足）了。」

「那是什麼？」多香子懷疑地看著久我。或許是覺得他又要開始說大叔笑話，眼中透露出警戒的神色。

「我現在既不是開玩笑，也不是隨便講講的。」久我說，「我發現自己已經滿足了。特搜部沒去成的時候，我沒生氣，大概也是因為滿足了；我在老爸引導下，來到檢察官的世界勤勤懇懇地工作，我已經不奢求更多了。」

「嗯，原來如此，我稍微明白了。也就是說，迄今為止的工作已經很充實了，並不會感到後悔。」

「沒錯，所以我才決定把一切告訴菜穗。我已經整理好心情了。」

「那什麼時候會開始加薪呢？」

久我微笑了一下。「這個嘛，會是什麼時候呢？也要看現在手邊的案件怎麼樣了。

等告一段落，我再回覆常磐前輩。」

聽到這個，多香子露出像是想起什麼的神情。

「話說回來，昨晚你的手機響了好幾次。」

「糟糕。」

久我走去房間翻找西裝口袋。一看手機，不出所料地，畫面上擠滿了倉澤的來電。

發生什麼事了？久我回撥電話，對面傳來倉澤的怒吼。

「這麼重要的時候為什麼不接電話!?已經第幾次了！」

第五章　邦妮的低語

1

從警察醫院出院的當天下午，有村身穿制服跨上腳踏車，焦躁不安地朝向島前進。他才親手逮捕毆打自己的松井，剛發洩完情緒，就被追出叫去痛罵。

「喂，有村，你又忘記我的指示了嗎！」

有村無法立刻想起到底是哪件事，不禁感到有些羞愧。

「手銬，我說手銬！你這不是隨便丟在紙箱裡了嗎？」

聽他一提，有村想起自己疏忽了友之手銬的暫時寄放手續——他忘記請哥哥和也簽名了。如果是昂貴的遺物，為了防止在警署內遺失，取得家屬同意後，會放入保險箱謹慎保管。

「抱歉。」有村將上半身前傾九十度道歉。然後笨拙地從追出手上接過一份文件，離開警署。

聯繫哥哥和也時，他說他今天不在自己的店，而是向島的「本店」，請有村過去那裡。

有村就在向島派出所工作。當他得知巡邏時看過無數次招牌的理髮店，竟然就是和也當學徒的店時，忍不住感嘆這世界真小。

店鋪位於一樓。建築物好像剛重新粉刷，被潔白光亮的牆壁包圍。二樓是出租公寓，三樓似乎是店主的住家，樓梯旁掛著個人的門牌。

店門口懸著「今日公休」的掛牌。往裡面看去，店內沒有客人，在收銀檯旁小桌工作的和也與有村目光相交。他注意到有村站在門外，推開門說：「歡迎，請進。」

小桌上攤著帳本和一疊傳票。和也應該不是來幫忙理髮，他的服裝也說明了這一點。和也穿著POLO衫和牛仔褲，比上次見面時看起來更年輕。

和也解釋事情原委。「這間店的店長昨天因為腰痛緊急住院，不巧碰上一個月一次的經費結算日，只好拜託我處理毛巾送洗、洗髮精進貨的費用等。」

店長，應該就是久我提過的河村兄弟的養父吧。有村來回掃視著四個座位和洗髮臺，想像著哥哥工作、年幼的弟弟玩耍的情景。

有村直率地道歉：「因為我的疏忽，導致必須在您忙碌時打擾，真的非常抱歉。其實這是我上次拜訪合羽橋店時，就應該辦好的手續。」

「請不要放在心上。」和也完全沒有表露出被打擾的神情。「讓有村先生特地過來向島一趟，我才覺得抱歉。」

「不會，我就在向島派出所工作。」

「車站前面的？」

「是的，已經工作兩年半了。」

「這樣啊，我和弟弟一起去過那個派出所。應該是撿到皮夾的時候吧？我們兄弟以前就住在店面樓上的公寓。對了，是不是有文件需要我簽名？」

「有，在這裡。」有村從背包拿出文件夾，抽出一張紙交給對方。紙上記載了手錶的品名和型號。

和也的視線停留在紙上，頓時露出悲傷的神色。

「這是友之先生身上的手錶，價值大約五、六十萬，請問您有印象嗎？」

和也歪了一下頭，喃喃著「我不知道」。填寫完文件後，他後悔地小聲說：「有村先生，我可能一點都不了解，友之四周都是什麼樣的人，又過著什麼樣的生活……」

為什麼死了？為什麼會從高架橋上被扔下來？友之臨終前的種種事實至今依然成謎。有村想到籠罩著刑事案件被害者家屬的沉重時光，一時感情用事，脫口而出追出交代過絕對不可洩漏的事：「其實昨天晚上，殺害友之先生的嫌疑人因為其他案件被逮捕了。請再稍等一下，近期我一定會來向您報告的。」

和也輕輕點頭，沉默地目送有村離去。

2

「邦妮與克萊德」被捕兩天後的早晨，久我和倉澤來到墨田署刑事課，有村前來迎接。便服巡邏的時期好像已經結束，有村身穿制服。

有村招呼兩人進入會議室，還沒就坐便迫不急待地說：「就在剛才，有人連絡說在霞浦[1]看到SUV了。由於需要請業者打撈，所以要等到明天。」

茨城縣警接到通報表示一輛白色轎車沉在霞浦，潛水員確認後，發現輪胎框確實有類似閃電的鋸齒狀花紋。

倉澤說：「要是指紋還沒消失就好了，就可以當成搶劫搭檔無法動搖的證據。」

武藤和松井令審訊官感到棘手不已。搶劫、走私黃金、河村友之的死……全都收到兩人拒絕回答的報告。然而證物逐一聚集，已經確定松井在逃生梯上交給武藤的物品，是銀行出租保險箱的鑰匙。搶來的現金以及依賴黃金走私快速膨脹的資金，都被分批藏在數間銀行分行的出租保險箱。

1 霞浦位於日本茨城縣東南部到千葉縣東北部之間，由數個湖所組成，是日本第二大的淡水湖（第一大湖為滋賀縣的琵琶湖）。

他們也確定了松井前往 WATASE CARGO 維修工廠的理由。他將鑰匙裝進小盒子埋在工廠屋簷下的土裡，準備去拿的當下，正好遇見了有村。調查小組認為，松井打算從銀行保險箱取出一定金額，和武藤一起逃往海外。但因為兩人堅持拒絕供述，大部分真相仍未明。

倉澤提問：

「久我前輩，要去調查松井嗎？」

「不用，還不需要我出手。先讓關口先生努力一下吧。」

這時，會議室的門響起嘎吱聲，追出出現了。也許是抽不出時間洗澡，他頂著一頭油膩的頭髮。

「感謝您這幾天來的辛勞。」倉澤慰問道，追出稍微放鬆了表情。

「你聽說了嗎？車子找到了。」

久我回答：「太好了。本廳有認真處理嗎？」

面對這項提問，追出滿意地點頭。「一旦我們提交報告，那群人就會飛奔過來了吧。之前我拿著有村拍的車輛照片時，本廳那群人根本不信。」

「是這樣嗎？」倉澤感到驚訝。

「大概因為我是轄區員警，就把我當成笨蛋吧？」

「這下不就完全按照你的計畫發展了嗎？」

追出並沒有展露滿意的笑容，而是浮現艱苦的表情。資深刑警對調查的真實情況瞭如指掌。「那些人也是很努力啊。你還記得銀座搶案的時候，有個男保鑣和社長一起在現場嗎？那男人的周圍好像有一個曾經是暴力組織成員的可疑人物，本廳懷疑他跟保鑣串通，把心力都耗費在那邊。」

「單純是他們判斷錯誤吧？」

「是啊，就結果來說是這樣。但有時判斷錯誤也是刑警工作的一部分。」追出袒護著同行，表情凝重地繼續說，「稍微走幾步，證據就自動出現在刑警眼前的情形可不多見。我們都是先從小道消息開始深入調查，然後鎖定目標，一步步接近。這樣一來，妳知道什麼才是最重要的嗎？」

「不知道……」倉澤答不出來，將頭歪向一側。

「以我的經驗而言，是堅持己見。」

「可是，以證據的立場來說，這是負面詞彙。」

「是啊，不過對現場人員來說非常重要。沒有『這就是目標』的堅定想法，就會放棄追查，就會失去恆心的……哎呀，這果然是不該對檢察官提起的話題。」

久我表示贊同。「你說得很對啊，追出。刑警會因為堅持己見而找出犯人的有力證據；有時候也會正好相反，找不到不在場證明或指紋不一致，在反覆碰壁之中繼續工作，最後終於找到真相。刑警就是這樣的工作吧？」

這番話似乎也打動了倉澤。「送到我們手上的證據，是刑警花費大量勞力和時間才提煉出來的呢！」

追出點頭：「所以我才沒辦法把本廳的人當成廢物。」

「話說回來，我們當初以為這次的案件和毒品走私有關。」

這時久我打斷了她：「倉澤，不只追出，妳從墨田署的大家身上學到很多吧。」

當然，這也是在回顧俱樂部所發生的事。「是的，我從各位身上獲益良多。」她嘴上承認了自己的錯誤，卻還是瞪著久我。

有村低聲說：「看來倉澤檢事完全恢復了，已經回到了原本的樣子。」

被拯救自己的有村這麼一說，倉澤連表情都表現出了尷尬。直到武藤和松井被捕當晚，她都還保持這種溫順的態度；但隔天，在警察拘留期間結束前，她就馬上央求讓自己去調查武藤。

武藤與搶劫案被害者的社長再次浮現新的交集。調查員前去武藤任職的商品貿易公司日陽物產，確認這間銀樓正是黃金交易的顧客之一。

追出看著手邊的筆記，開始報告：「搶劫發生當時，武藤還是非正式員工，好像在財務部門負責輸入客戶的交易資料。」

久我開口：「她知道黃金交易有大筆資金流動吧。」

「是的，正是如此。我們已經不能繼續將銀樓老闆看成純粹的受害者了，他會被搶劫犯盯上也許是有什麼不得已的理由。」

短暫沉默後，有村戰戰兢兢地提出疑問：「所以說，他和某件壞事有關嗎？」

「這還只是推測，不過有點複雜。」久我先澄清。「那些利用稅差賺錢的人從海外輸入金塊，而這位社長可能就是買家。這類交易需要大量現金。」

「因為賣金塊的人不想從帳戶交易。」倉澤附和。

「對，從帳戶交易會留下逃稅的證據。」

有村露出理解的表情。「也就是說，社長協助他們逃稅，自己則從手續費之類的地方牟利。為了繼續做這門生意需要非常多現金，武藤就是盯上了這一點。」

「就是你說的這樣，有村。」追出瞇起眼睛，似乎在為徒弟終於理解案情而高興。

「追出前輩，搶劫案當天她有不在場證明嗎？」

「暫時沒有。武藤在案發前後休了兩星期的假，之後就突然辭職了。或許是休假和松井一起密切監視銀樓老闆。」

倉澤驚訝地說：「這樣搶劫成功後，就可以開始逐步插手黃金走私了？真是欺人太甚。」

倉澤迫不及待地想在審訊室見到武藤。

3

墨田署約有三百五十名員工，是都內屈指可數的大規模警署。二樓更衣室的深處雖然狹小，但設有一個職員用的休息室。

在等待武藤被帶進審訊室的空檔，倉澤前去休息室買飲料。剛踏進去，就發現有村站在自動販賣機前。他手上拿著一本書，裝幀像小學生使用的圖鑑，封面上有幼蟲插畫。倉澤悄悄站在他身後，叫了一聲「有村」。有村嚇了一跳，急忙將書本藏在身後。

「那是什麼書？我看到可愛的昆蟲插畫囉。」

「不是，這……」

倉澤探頭看書一眼，標題是《大家來養蠶吧！》。

「咦？有村的興趣是養蠶啊？」

「敗給妳了。沒想到倉澤檢事會過來這裡。」

「嗯？你是什麼意思？如果過來的不是我，而是久我前輩就好了嗎？」

「不是，我沒有……」

「有村該不會是昆蟲宅吧？不過，我覺得沒必要因為害羞就藏起來啊，這種人多得是。」

「不是啦，這不是我的興趣，我是準備在老家飼育。」

「老家？」

「我老家是經營農場的，從小我就和蠶一起長大。只不過在幾年前，農場就已經收起來了，而我現在想重振這項事業。」

有村的神情突然嚴肅起來。「我不會參加巡查部長的升等考試。」

「為什麼？」倉澤驚訝地睜大眼睛。

「我決定回去鹿兒島繼承農場。」

「也就是說，你要辭掉警察？」

「是的，我會在春天前辭職。本來要繼承家業的哥哥太愛玩了，我不回去的話，爸媽會很煩惱的。」

寒風咻咻吹過胸口。倉澤掩飾著內心的不安詢問道：

「什麼時候決定的？」

「嗯……到底是什麼時候呢？我真正下定決心，可能是在高速公路上騎機車追松井的時候吧。」

稍作停頓後，他挺起胸膛補充說：「請不要誤會，我不是被松井攻擊之後才決定辭職的；我並不是因為害怕當警察才辭職的。」

倉澤忘記自己的目的是來買飲料，茫然地抬頭看向有村。

倉澤清晰地意識到自己失去了活力。不可以這樣。一靠近審訊室，在澀谷俱樂部內發生的事情便歷歷在目。她摸了摸被武藤結花用鞋踩過的臉頰，激起自身的鬥志後，踩著喀喀的腳步聲，走進那女人獨自等待著的房間。

在被帶過來的這段期間，也許是因為雙手被手銬扣得很痛，武藤不停地揉搓著手腕。她昨天運氣很好，恰巧遇上每週一次的洗澡日，高聳的頭髮變換了方向，帶著柔和感，幾乎遮住一半前額；妝也已經卸得乾乾淨淨，儘管如此，她的雙頰仍然帶有光澤。或許這就是有村眼中的清秀女性。

倉澤緩緩坐下，女人抬起頭，一臉輕佻。

「早安，武藤小姐，已經三天不見了呢。」

她揚起一抹淺笑。「妳就是當時在俱樂部的人吧。」

響起和那天晚上聽見的一樣，低沉而冷靜的聲音。

「我是檢察官倉澤。之前沒有自我介紹過，但我是做這行的。」

武藤似乎一直以為倉澤是警察，於是皺起眉頭。「咦——妳是檢察官啊？不過奇怪……為什麼妳會去那裡？」

倉澤粗暴地說：「提問的人是我。妳給我認清楚自己的立場。」

「啊，是這樣啊。真無聊，我還以為終於來了個有趣的人……」她轉過身，開始擺弄指甲。

「妳好像是在保持緘默？」

「啊，糟糕。我看著妳的臉就忘了自己還在保持緘默。」

「沒錯，快忘了吧。沒有任何一個保持緘默的被告，可以在判決中留下美好的回憶。這相當於承認所有罪刑。」

「我知道了。妳想問什麼就問吧！」她向倉澤展露笑容。態度雖然出乎意料地軟化，卻不知道她的企圖。

倉澤首先必須確認武藤和松井的關係，因為她想盡快分辨誰才是主犯。

「搶劫、走私金塊、將河村友之偽裝成毒販，全部都是有計畫性的。妳對此有什麼想法？」

「該怎麼說呢……」武藤閉上了嘴。看似稍作思考後，她的發言震驚倉澤。

「我承認，我跟案件有關。」武藤微笑起來。

倉澤並不認為武藤會如她自己所說地開始陳述。但倉澤馬上就知道了理由。

「我是被松井威脅的。」

倉澤的頭腦一陣發熱。「在我面前妳可真敢說啊。太厚臉皮了吧？」

「妳是什麼意思？」

「是妳命令松井打我的吧？我可是親耳聽到了。松井在妳面前變得那麼卑微，雖然他比妳年長，卻是一副把自己的意志都交給妳這位大姐大的態度。」

「大姐大啊。」武藤轉向另一側，意興闌珊地撥起瀏海。

「妳是想逃避責任吧？妳想說一系列罪行都是被松井威脅、被他要求幫忙的，對吧？」

「對啊，因為事實就是這樣。」

有點不對勁。倉澤驚訝於這女人的從容究竟從何而來。她像識破了疑問一般，用淡褐色的眼睛看著倉澤。

「要我告訴妳嗎？」

「告訴我什麼？」

「我被松井威脅的證據……我保持緘默是有理由的，因為這沒辦法跟男人講。因為妳也是女人，所以我才告訴妳。」

倉澤有不祥的預感。

看來身為審訊官的倉澤，並沒有打破武藤的緘默。

4

松井戴著手銬接受關口巡查部長的偵訊。因為若是放任前職業拳擊手的雙手自由活動，也許會打倒審訊官後逃走。久我向審訊室張望時，也許是壓力的緣故，松井像蜻蜓一樣僵硬地轉動頸部，不停在桌緣來回摩擦手銬。

久我和關口視線相交。久我用眼神示意負責記錄的另一位刑警讓出座位，由他觀察情況。

關口正針對河村友之的死與松井對質。如果涉及多項嫌疑，調查的鐵則是從刑度最重的部分開始。在友之的案件中，松井可能涉嫌殺人，動機是因為他不希望警方接到透過車輛走私的報案。

「我說過好幾次了吧，友之死掉那天晚上我都在家裡。」松井誇張地搖著頭說。然而，他的眼神中卻浮現出恐懼。關口在對他施壓。曾任警備部ＳＰ[2]的刑警擁有壯碩的肩膀和胸肌，低沉嘹亮的嗓音也充滿壓迫感。

「有人可以證明嗎？」

「沒有人。我一個人在家。」

「你當時在做什麼？」

「又要問這個喔……我說過我在看電視了吧？」

審訊官為了確認供述是否有所偏差，會反覆詢問相同的問題。

2　Security Police，屬於警視廳警備部，負責保護重要人物的安全。

「看了什麼節目？」

「就說我忘了。要我說幾次？」

「你可以回想一下嗎？節目名稱或出場藝人的名字也可以。」

「辦不到。我的記憶力好像有問題。」

「你不說啊。」

「不要再問一樣的問題了。」松井說著，舉起連著手銬的手遮住臉。

關口換到下一個問題。

「河村友之好像注意到了進口車輛的疑點，這部分我們已經核實過了。」

「那又怎樣？」

「你對他做了什麼？」

「什麼都沒做。我根本就沒和友之見面，什麼都不知道。如果他被殺了，應該是結花擅自動手的吧。」

關口回頭看向安分坐在後方的久我，以眼神徵求他的同意。久我點了點頭。就像商量好的那樣，是時機試用那個策略了。

關口翻動裝滿證物的箱子，將松井的手機連同包覆的塑膠袋取出，擺在他眼前。「你知道這是什麼嗎？」

「這是我的東西吧？看了就知道。」

「接下來會送去分析，說不定會查到什麼。」

此時關口正鎮定地觀察他的反應。

「調查GPS的定位資訊，就會知道你的行動。」

「既然這樣，就快去查啊。」松井立刻回答，毫不動搖地朝關口投去反抗的視線。「我說，就算GPS顯示手機在我家那又怎樣？最終你們也會認為我把手機放在家裡，出門殺了友之，對吧？」

松井的口舌只在這時格外靈活；明顯地，調查對他造成的壓力減輕了，他還表現得即使手機被調查也不痛不癢。

久我心中暗想「果然」，用來聯絡武藤和渡瀨勝美的手機是另外一支。有村在拳擊中心借用的也是那支。松井游刃有餘的態度，說明了他很可能早就處理掉那支手機了。

關口再次回頭，久我點頭同意後，轉為另一項嘗試。「我想跟你確認一下昨天寫的個人資料。」關口說道。

個人資料是開庭時用於確認是否為本人的文件，用求職來比喻的話，就像是履歷。

「你的出生日是平成三年二月十日，沒錯吧？」

「沒錯。」

「換成西元是幾年？」

「你看駕照上寫的啊。昨天不也是這樣嗎？」

數字：「一九九〇年。這樣可以吧？」

「哦，原來如此。」關口說著，從證物箱取出駕照。他將駕照湊近眼前，說出四位

「可以，沒有錯。」

平成三年是一九九一年。關口在製作個人資料時，注意到松井無法說出數字，他連自家的門牌號碼也說不出來。久我接到連絡後，懷疑是「慢性創傷性腦病變」；這是一種因腦部反覆受到撞擊，而造成神經障礙的疾病，在拳擊界俗稱為「拳擊手症候群」，較顯著的症狀為性格沉穩的人出現攻擊性等性格變化、記憶障礙、認知能力低下……暫且不論松井是否有自覺，久我終於理解了松井這個人。

以疼痛折磨有村到幾乎致死，並不是因為他的性格相當情緒化嗎？最後沒有將有村置於死地，還對傷害倉澤的行為表現出猶豫，也許代表他並非是天生的殘暴犯人。

從這點也可以看出，雖然被有村拍到搶劫用車，卻沒有破壞或帶走手機的理由：行動欠缺計畫性。既然如此，根本不需要思考是誰逐一規劃從搶案到必須計算稅率的黃金走私，以及偽造友之死狀；松井不過是魁儡。

話雖如此，卻沒有任何證據佐證武藤結花曾經操縱松井，只能以藏匿犯人為由拘留她。除了供述，只有一種可能性能證明兩人共謀犯案。

那就是用來聯絡的手機。有村查出了松井的電話號碼，只要收發過簡訊，即使處理掉手機本身，也能透過電信業者查出內容。久我期待有村以機智取得的情報能開花結果。

久我決定盡快將目標告訴倉澤。他拒絕關口想離席的提議，踏上走廊，前往樓層另一側的審訊室。

但卻在走廊上遇見最不想見到的人，小橋克也。小橋的目光停留在久我身上，突然舉起右手說：「我有事情找你。」

「你有什麼事？」

「請你退出這個案件。」

久我大為震驚，甚至忘記要說話。

「你又製造麻煩了。我可是一接到警視廳的聯絡就馬上趕過來了喔。」

「到底是有什麼事？」

「很多啊，方便稍微談一下嗎？」

小橋叫住走廊上正在巡邏的制服員警，以命令的語氣對他說：「巡查先生，借我一間會議室。在這裡講的話，可是會讓這個人顏面盡失的。」

「夠了，別再諷刺我了。」

兩人互相瞥了對方一眼，卻一動也不動。

5

武藤撩起瀏海的同時，說：「我有件事想問妳。」看來接著就會告訴倉澤她被松井威脅的證據。

倉澤直截了當地回應：「什麼事？這要看具體內容是什麼。」

她開口：「友之的案件啊。松井有說什麼嗎？」

倉澤內心感到鬆一口氣，因為沒有什麼好說的。聽說松井並沒有提到明確的不在場證明，只是一味否認與案件有關。

「知道了，我就告訴妳吧。松井供述說他什麼都不知道。」

武藤懶洋洋地將一邊的手肘撐在桌上，哼了一聲抬起下巴。

「真的是這樣嗎？」

「是，就現階段來說。」

「要不要給妳一個優惠啊？」

「什麼？妳要繼續談被松井威脅的部分嗎？」

「不是。」武藤搖搖頭，擅自談起友之死去當晚的事。

「我呢，帶友之一起去六本木的酒吧。」

倉澤嚥下口水。若她說的是事實，便能得知友之與社長發生爭執，離開公司後的去向。

「果然是妳鎖上他的公寓房門吧？」

「沒錯，備份鑰匙在我手上。我們在公寓會合後一起去酒吧。」

「妳有什麼目的？這聽起來不像單純的約會。松井接到渡瀨勝美的電話，說友之一氣之下衝出公司，然後松井又告訴了妳。」

「就是這樣。他說友之可能會去跟條子打小報告。」

「然後身為友之女友的妳，決定說服他不要去找警察。」

「女友？」

「不是嗎？」

武藤瞇起眼睛咯咯笑。「呵，就是玩玩而已。女友？笑死我了。」

「可是，他連房間鑰匙都給妳了，不是嗎？」

「是這樣沒錯。不過那就像假裝情侶的遊戲。他長得很帥，所以我覺得跟他玩玩也沒關係……」

她自豪地表示並非自己主動接近，而是某天一起吃飯時，對方突然向她告白。

倉澤皺起眉頭。「好無情的女人。人心才不是用來給妳玩弄的。」

「可是，跟那傢伙在一起時，很開心喔。」

不知為何，在倉澤聽來，只有這句是她的真心話。

「偏題了，繼續談六本木酒吧的事情吧。妳說服得如何？」

「我失敗了。大失敗。」武藤自暴自棄地說。「對友之下藥的是我。那就是失敗的理由。」

友之的遺體檢測出了毒品。原來是別人讓他服用的。

「那間酒吧買得到毒品。他個性很認真，我想要是不把他弄到精神恍惚根本說服不了，所以才把毒品混在雞尾酒裡給他喝。」

倉澤大力點頭。「太好了。他沒吸毒成癮也不是毒販。這至少對哥哥和也是個救贖。」

但武藤的本意似乎並非如此。「救贖？……哼，這種事無所謂啦。」她發出輕蔑的笑聲。「我可是一點也不想成為殺人犯。」

倉澤單刀直入地提問：「是妳指示松井去殺害他的嗎？」

她搖搖頭。「怎麼可能。是他擅自動手的吧？欸欸，妳聽我說，這是很重要的事……」

「請說。就算是說謊，我也會姑且聽一下。」

武藤想必是瞪大了眼。「友之因為藥效太強變得很奇怪。在喝了雞尾酒之後，他就像傻瓜一樣吵鬧起來，然後跑出店外。他之後的事情我就不知道了。」

「這可真是太巧了吧，說什麼一個人獨自跑出店外。」

「我有證據。他明明一向很紳士，那時卻突然強吻我，還拿我的手機拍照。雖然聽說友之死了以後，我覺得不妙就刪除了，但以警察的技術應該可以恢復吧？如果是松井殺的，那是他自作主張，跟我沒關係。」

「誰知道實際是怎樣？」倉澤提出質疑，但又補充一句，「我知道了，照片我會想辦法恢復。畢竟確認妳說的是真是假，也是檢察官的責任。」

倉澤將訊問轉回當初的交易。「差不多了吧，可以告訴我松井是怎麼威脅妳的了嗎？」

她默默點頭，開口說：「我被松井性侵了。」

倉澤懷疑自己的耳朵。「妳剛才說，性侵？」

「對，我是性侵受害者……他拍下影片，然後拿來威脅我。」說完，她取出一張名片，上面寫著田代秀美；那是以性犯罪受害專家身分活躍的律師。

倉澤離開審訊室，靠在走廊牆壁上，獨自一人陷入沉思。她的心臟狂跳不止。她本應感到義憤填膺和滿溢而出的同情，但腦中卻盤旋著「這是真的嗎？」的疑問。倉澤重新翻閱手邊的拘留文件，昨晚有接見田代的紀錄。

她腦海中閃過性侵是否為自導自演的質疑：就算真的存在影片，大概也是為了被捕的時候可以精心偽裝成受害者吧？倉澤彷彿聽見了「妳逮捕我看看啊」的低語。

6

回到會議室前面時，追出、關口和有村一臉擔心。

倉澤問：「發生什麼事了嗎？」

追出回答：「地檢來了一個姓小橋的人，正在裡面跟久我談話。」追出向關口投去不安的視線。「關口說，久我剛出審訊室，就被小橋要求不要再插手案件。」

倉澤一臉憤怒，開門衝進會議室。

小橋眉頭緊皺，用凶險的神情迎接她。

「哦，後援會長出場啦？」

倉澤快步走到久我身旁的折疊椅坐下，面對小橋，以平靜但蘊含怒氣的聲音說：「我不會交出這個案件，尤其是交給小橋你。」

「倉澤，妳先別開口。我還在聽這傢伙要說什麼。」

「這麼冷靜真的好嗎？」

久我輕輕點頭，責備了她。

「雖然你從剛才就在提區檢的業務該如何，但並沒有規定區檢不能受理適用公判的案件。」

「慣例上，這種規模的案件會交給本廳處理。之後還要和公判部討論，不會很不方便嗎？」

「討論的話用電話也可以吧，不是嗎？」

小橋沒有回答這個問題，而是語氣充滿輕蔑地說：「區檢的檢察官負責處理略式案件就行了。你們一直頻繁地來墨田署，未處理的案子就會越積越多；我的意思是，這樣會對刑事部的業務造成影響。」

「這兩人被警方逮捕之前，我跟倉澤可是費了好一番心力。檢察官從案件還在祕密調查階段就開始介入也是常有的事。」

「就這層意義上而言，我只能說你不適任。」

「為什麼？」

「首先是你無視規則。今天早上警視廳收到墨田署的報告可是引起一片騷動。你知道警視廳為銀座搶劫案投入了多少人力嗎？久我前輩，正因為你不把消息告訴我們，才導致兩個調查機關混亂不已。」

「在霞浦發現逃逸車輛之前，並沒有確切證據顯示他們和搶劫案有關。」

「這部分希望你可以跟我們商量呀。是不是因為你想獨占案件，才不讓墨田署透露情報？」

不願意繼續忍耐的倉澤開口：「久我前輩，這個人是因為案件突然有進展，他想拿下起訴檢察官的實績，或是叫你讓出成果，才來這裡的。」

年輕男女搶劫大額現金，涉及走私金塊，甚至殺人……必然會引起世間的矚目。既能讓自己嶄露頭角，又能羞辱久我，小橋兩者兼得。

但小橋連眉毛都紋絲不動，就像精於否認的罪犯一樣。「倉澤，妳的臆測也太過分了吧。」

「是嗎？」倉澤怒目圓睜。「當我報告墨田署發現有個年輕人死狀可疑，由久我前輩負責監督調查時，你說了什麼？你說久我這個白癡又開始做蠢事了。」

小橋將視線轉向久我。

「因為由你擔任指導員，倉澤是不是也成為不懂業界常識的檢察官了呢？」

「不要把倉澤捲進來。你恨的只有我一個人吧？可不要因為被戳中痛處，就在重要的調查現場洩憤。」

「哼，這位年輕檢察官努力討好我，高興地潛伏在你身邊當間諜。你有個可怕的後輩呢。」

「我才不是心甘情願做這種事的。」倉澤瞪了他一眼。

「妳給我閉嘴。這孩子也玩完啦，很適合跟你一起被當成垃圾丟出去。」

久我投去蔑視的眼神。

「你從未因為區分職業的高低貴賤而受到責備吧？也許可憐的是你。」

「唉，被冷落的人竟然還能說得這麼高高在上。我已經取得次席檢事的同意。我就說，不能把這麼大規模的案件交給區檢的人，這是能力的問題。你絕對做不到。」

久我的內心響起某種東西破碎的聲音。「你這傢伙！在你們這種人互相炫耀司法考試第幾名、刑事政策的論文被褒獎的時候，我可是在拚死趕出筆錄。沒在審訊室揮灑過汗水的人，沒資格說別人的能力有問題！」

久我一把抓住小橋的領口，怒吼聲在房內迴盪。

「不行！」倉澤大喊著衝進兩人之間。椅子砰的一聲倒地，撞擊地面發出堅硬的聲響。倉澤趴在桌上，當久我試圖伸手抓住小橋時，立即緊緊抓住他的手臂。

「這種人就不要再搭理他了！久我前輩！」

外面三人留意到騷動，也衝進了會議室。

「有村，去阻止久我！」

小橋驚慌地後退。有村跑上前和倉澤換手，久我才稍稍冷靜下來，但雙眼依然凶狠地瞪著小橋。被怒視的男人開始虛張聲勢，忿忿地說：「我會跟上面報告這件事。檢察官居然想在警署對同事施暴，這次可不能就這樣算了。」

「你想報告什麼就儘管去。不擇手段的是你！」

「久我前輩，該停了吧。」

倉澤安撫似地說完後，轉向另一側，朝準備離去的小橋叫道：

「等一下！」

「叫我等一下，你以為我是誰啊!?」

「就在等你這句話。」

倉澤深吸一口氣，說道：

「你這個人渣！」

久我和倉澤在墨田署向小橋召集來的檢察官交接完工作後，漫步在橫跨隅田川的橋上。河面映照出夕陽，有村推著腳踏車走在兩人身後。

這是返回區檢的路。吹過河面的風有些涼爽，舒適的觸感帶來些許慰藉。

三人一致保持沉默時，一位步履蹣跚的年長女性從前方走來，她不安地四處張望，最後叫住有村。

「那個，巡查先生，請問東京晴空塔在哪裡？」

有村笑著說：「就在那裡啊。」伸手指向逐漸染成紅色的天空中的高塔。

「咦，奇怪？是因為我走路的時候一直低頭看地圖嗎？」老婆婆看著手機導航畫面，發出呵呵的笑聲。「哎呀，看著上面走，不就能看清楚了嗎？」

「是的，請看著上面走吧！不過，也要注意前面，小心不要被汽車或腳踏車撞上了。」

「謝謝你啊，親切的巡查先生。」老婆婆帶著燦爛的笑容離去。

倉澤說：「有村，剛才指路的表現真好。」

巡查害羞地笑了。「我在派出所最喜歡的工作就是協助指路，因為覺得能幫助到別人；若是看到迷路的人，我也會主動上前詢問。」

久我面帶微笑聆聽著兩位年輕人的對話。跟著老婆婆一起仰望晴空塔時，他回憶起一件事。當時他帶著倉澤寫的釋放指揮書，走在這座橋上。那晚，晴空塔的頂端閃爍著動人的星光。

久我從頭回想起這一系列過程。如果倉澤沒有忘記指揮書、如果有村沒有把自己誤認為鑑識人員帶到高架橋下……河村友之可能就會背負著毒販的身分進墳墓，邦妮和克萊德也可能逃亡成功。然後倉澤和有村也不會相遇。

Life的中間存在著if——久我曾在報紙專欄上讀到這段文字。所謂人生，就是被偶發的小事不停改變走向。

過橋之後，他留意到報攤上晚報的標題。

演藝經紀公司社長　高津安秀

明日將因涉嫌逃稅遭到逮捕

或許會成為政界調查起點

標題指出，人稱「毒蛇」的特搜部檢察官已經取得供述。否則下任總長里原不可能同意立案。自願偵訊似乎仍持續進行，地點從區檢改到都內的飯店。

這意味著田中博作為檢察官的全面失敗。

7

詐欺並不限於高智商罪犯，其中最典型的就是霸王餐。如果犯人沒帶錢去店裡，從點餐起的費用都會變成店家的被害金額。即使決定不起訴，也會製作筆錄。久我確認被害金額上正確記載了烤魚定食的價格「八百圓」後，將之收進交給本廳的文件箱。

被小橋逐出墨田署以來，已經過去一個月。在那之後，久我不再為工作所迫，度過了悠閒的時光。他幾乎天天準時下班，在秋分之日的連休假期，帶著家人回到瀨戶內的小鎮。

水管工程公司辦公室所在的建築物連同附近的住宅一起被拆除，改建成了幼兒園。雖然是假日，但還是有父母需要上班的孩子們在攀爬架上玩耍，幼兒的哭聲也清晰可聞。

久我帶著菜穗去了那裡，談起和父親的往事。

「好想和爺爺見一面啊。」菜穗低聲說。在踏上旅途之前，久我就已經詳細告訴她祖父去世的理由。那時，女兒的眼神中隱藏某種情感，對久我說：

「爸爸，我也有點想當檢察官了。」

久我本想出言阻止，卻一時語塞。那場悲劇劃定兒子的人生方向，影響甚至延伸至孫輩。久我問自己，父親不幸離世對家人而言究竟意味著什麼，卻一直找不到答案。

當然，他們也去掃了墓。菜穗獻上白菊花，說著「爺爺奶奶，初次見面」，閉上雙眼，手心合十。之後不停念念有詞，報告自己的近況，說了忙於模擬考和補習、喜歡的漫畫接連發行所以一口氣看完等；真是有些惱人的直接對話方式。

車站與過去相比幾乎沒有變化。伴手禮店飄來一陣海產乾貨的氣味。坐上回程的列車，列車即將離開月臺時，菜穗問：

「爸，你這樣辭掉檢察官，真的沒關係嗎？」

久我稍作思考，淡然回答：「我會辭職。」

菜穗用鼻子哼了一聲，搖搖頭。

「有哪裡很奇怪嗎？」

「沒什麼。」

雖然不是平常的單字而是短句，聽起來卻和以往聽過的無數次「沒什麼」有所不同。

這時，他的腦海某處響起了歌聲。

我不滿足

我不滿足

當時被特搜部的福地叫去面談後，久我對調職的期待化為泡影，失意之餘，他在咖啡廳聽到了這首曲子，來自名為「滾石」的樂團。

在電車內搖晃著眺望瀨戶內海時，這首歌在久我腦內重播了無數次。

久我的手肘撐在桌上，心不在焉地回顧在故鄉度過的一整天，卻被倉澤的聲音拉回現實。

「久我前輩，畫面上又出現武藤結花了。」

一看電視，她正坐上從墨田署前往拘留所的廂型車。武藤因殺害河村友之和遺棄屍體的嫌疑再次被逮捕，電視臺的長焦鏡頭拍下了她纖細的背影。或許是注意到記者們的吵雜，武藤轉身時看向了鏡頭；是那雙曾經迷惑有村和倉澤的細長雙眼。久我陷入那視線即將刺傷自己的錯覺中，心中一陣驚嚇。

調查以起訴銀座搶劫案和黃金走私逃稅案作結，河村友之的死也以殺人罪處理，案件迎來圓滿結局。

「聽說是小橋讓松井自白的。」

「我從追出那邊聽說了。本廳一課的資深刑警也束手無策，但小橋才去三天就逼出了自白。」

在小橋指揮下總結出的起訴事實[3]如下：河村友之在六本木的酒吧被武藤下藥，武藤

3 即檢察官所主張被告之犯罪過程。

擔心他報警，從店裡打電話命令松井去殺人滅口——

根據追出所說，松井簽名的筆錄[4]上記載了明確的殺意。內容包含從高架橋上推落河村，再偽裝成自殺或意外，藉此隱瞞殺人事實；還有受武藤唆使，在公寓埋伏用頭盔痛毆他。

內容也吻合法醫的分析：造成致命傷的是顱內出血，而且因為頭皮並未嚴重損傷，認為是遭到金屬等硬度不高的物體撞擊，頭盔也符合條件。儘管久我心有不甘，但還是認為應該認可小橋的成果；要像這樣仔細釐清事實並非易事。

突然間，久我發覺倉澤陷入了沉思。

「怎麼了？」

「沒事，我只是在想真的是松井殺的嗎？」

「嗯？但妳不是也不知道到底發生了什麼嗎？」

「是啊，他的確是很粗暴。不過，我和有村也都還活著。如果他實際殺過人，應該會下手更徹底一點吧……」

4 同意於筆錄上簽名，相當於認同筆錄全部內容。

8

日本版「邦妮和克萊德」之中，毫無疑問是邦妮大受歡迎。

電視臺取得她在車站廁所變裝的畫面，反覆重播；午間的情報節目同樣不停提起她的話題。

外景團隊也連日在練馬出動。明明身為都議會議員的女兒，卻連當地人都不清楚她的真實身分，他們便以此製作「謎團千金」的特輯。發明這個關鍵字的洗衣店老闆娘，一時間成為情報節目的當紅人物。

每當接觸這樣的報導，倉澤總不由自主地感到擔憂。

我被性侵又被威脅……

她從未向他人提起武藤在審訊室裡的低語。假設真的存在性侵影片，那會是田代秀美正式接下辯護後的戰略嗎？她可能在公判時投下炸彈。倉澤甚至不曾向久我提起此事。小橋以「不需要你們插手」毫不留情地驅逐他們，將他們排除在負責人員之外。倉澤猶豫著是否要將可能影響調查的情報帶到現場。

倉澤的室內電話突然響起。

「啊，有村啊。嗯，可以啊。」她用明快的聲音結束通話。「他人似乎都已經在樓下了，還特別問我可不可以上來。明明直接上來也沒關係，他是不是太有禮貌了啊？」

「很像他的作風啊。」久我說著，覺得有些不可思議。「有村為什麼要特地打室內電話？他不是知道妳的手機嗎？」

倉澤面不改色，努力保持平靜的語氣：「因為我們還沒有那麼熟。」

有村推門進來，向久我行禮後，對倉澤說：「妳要的東西找到了。」

他從手上的資料夾抽出列印成B5尺寸的彩色照片，交給倉澤。那是河村友之在非自願情況下服用毒品，意識恍惚之際拍下的生前最後一張自拍。

倉澤的疑惑是，為什麼武藤會向自己透露她對友之下藥？

在審訊室提起友之的名譽和哥哥的心情時，武藤只回了一句無所謂。細想過後，倉澤對於她對友之的冷淡態度產生懷疑。

即使目的在於否認教唆松井殺人，在那時為了討好審訊官而揭露深埋的事實，對她也沒有任何好處。也許她因為後悔栽贓友之吸毒成癮才坦白；但若真是如此，便可以感受出她對友之的感情。

倉澤想起迷你拳擊手套的吊飾。武藤和友之分別擁有左右手，她還把手套掛在化妝包上隨身攜帶，不難從中發覺她對友之的深厚情感。

正當她出神地陷入思考時，久我問她一聲「怎麼了」，興味盎然地湊上來看照片，倉澤這才回過神來，回答道：

「這張照片好不像她。看起來就像因為友之突如其來的變化，而感到心煩意亂的樣子。」提出了沉穩的感想。

然而，久我臉色大變。

「難道說……」

久我看向照片的眼神充滿驚愕。

「怎麼了嗎？」

倉澤問他，卻沒有得到回應。

「有村，這是他在六本木酒吧拍下的最後一張照片，沒錯吧？」

「是的，不會錯。拍攝於友之去世當天晚上八點。」

久我閉上雙眼，雙臂交疊。重新進入記憶的倉庫，和在高架橋下親眼所見的遺體進行比對。數秒後，他平靜地說：

「我知道真凶了。」

9

有村比追出和關口更早抵達河村和也在合羽橋經營的理髮店。窗簾後方一片昏暗，旋轉燈也沒有運轉。

不過，入口玻璃門懸掛的門簾下方，與地面留有數公分空隙。有村把警帽放回腳踏車後座，將頭幾乎緊貼地面，看向店內。

店內泛著藍白色的光。用來收納剪刀和剃刀的紫外線消毒盒發出光線，反射在洗髮臺的米白陶瓷與鏡子上，看起來就像籠罩在藍白色的霧氣之中。

不像是有人在的樣子。由於這棟木造建築是店面兼住家，和也應該住在二樓，但那裡也沒有開燈。

有村的腦海中反覆浮現在區檢的對話。

久我的視線緊盯照片，說道：「友之死前最後見的是他哥哥和也。」

倉澤戰戰兢兢地問：「為、為什麼？」

久我指著友之的下巴周圍說：「妳看這裡。雖然很淡，不過鬍子從下巴延伸到了鬢角。」

有村「啊」一聲大叫。「這樣啊，我都沒注意到！嗯確實，在我的印象中，這個鬍子是受年輕人喜歡、自然留出的時髦鬍鬚。」

「什麼？只有我聽不懂嗎？請快點解釋清楚！」

久我點頭。「我們檢查高架橋下那具遺體的時候，並沒有看到鬍子。鬍子被刮得很乾淨。」

倉澤頓時噤口，臉部瞬間漲紅。她明白久我想說什麼。

「幫他刮鬍子的應該是經營理髮店的哥哥吧。也就是說，友之生前最後見到的人是河村和也。」

「就是這樣。但很遺憾……」久我在這裡停下。

「可是松井被逮捕的罪行，是在公寓埋伏友之，然後拿機車安全帽毆打他。」

「那是小橋編的吧。」

久我的神情益發嚴肅。

有村目不轉睛看著店內，直到眼球乾澀才暫時起身，繞到店面後方尋找其他出入口。後方車庫停著一臺適合在下町窄巷行駛的輕型車[5]。他是用這臺車將友之的遺體運到高架橋上的嗎？

建築物後方沒有任何窗戶，看來只有店門口的門簾和地面間的細小縫隙可供窺探。有村快步回到正面，再次將頭部緊貼地面。也許因為窺探的位置些許不同，映入眼簾的是第一次嘗試時看不見的部分。

穿著橡膠底黑鞋的男人的腳。

5　根據日本交通相關法令之定義，四輪輕型車的排氣量應低於600 c.c.。尺寸較小且售價低廉，常用於代步。

不祥的預感貫穿內心。男人背對鏡子，坐在洗髮臺旁邊的矮凳上。

有村瞪大眼睛起身，按下門鈴。再蹲下，連按門鈴。再蹲下，男人的腳仍然一動也不動。

上鎖的店門完全推不動。有村環顧四周，尋找能敲碎厚玻璃的物品，但卻怎麼也找不到；類似壓菜石[6]的物品在都市並非隨處可見。

慌亂之中，他想起自己正位在五金工具街。有村飛奔到大街上的五金行，借回一把大鍾子，一下就敲碎了玻璃。有村把手伸進內側開鎖，衝進店內。男人果然就是和也。

男人的一側手腕伸進洗髮臺水槽，頭部無力地靠在鏡子上；水槽中的積水被染紅，一旁的銀盤放著沾血的剃刀。有村看不清楚他的臉色。他在藍光之中閉著雙眼，彷彿睡著了一般。

有村大叫著：

「和也先生、和也先生，請回答我！」

但是毫無反應。有村心想，叫救護車之前得先止血，便解下自己的皮帶，舉起和也浸在水裡的手臂，發現手腕上有一道很深的割傷。有村伸手觸摸頸部確認脈搏，指尖卻感受不到任何震動，只能感受到皮膚的冰冷；似乎已經死亡超過數個小時。

6 製作醃漬物的輔助工具。將石頭壓在菜上，有助於入味，亦可防止其與空氣接觸導致變質。

有村拿出手機想叫救護車。手指觸碰螢幕的瞬間，卻有股強烈的怒氣貫穿全身，而把手機扔了出去。他跪在地上不停揮動濕淋淋的拳頭，夾雜著血液的水滴四處飛濺。

「為什麼、為什麼……」

不知為何，有村只能說出這句話。

10

久我和倉澤到達合羽橋時，救護車關閉了警笛，沒有載任何人便靜靜地離去。有村坐在理髮店前的路緣石上，失落地垂下頭，警車閃爍的紅燈寧靜地照在他身上。倉澤一看見有村的身影，便立刻跑向他。

追出走出昏暗的店內。

「久我，要確認一下死者嗎？」

「是的，麻煩你了。」

久我毫不猶豫地回答，隨著追出進入店內。追出說，碰巧在附近的鑑識人員立即趕到，已經移動過了遺體。

和也躺在椅背斜放的客用座椅上，面容十分安詳。也許是殘留著肥皂香氣的緣故，他看起來彷彿是正等待剃刀碰觸肌膚的客人。他也是像這樣讓弟弟的遺體躺上椅子，再為他刮鬍子的嗎？至少為弟弟做最後的悼念。

久我憶及自己造訪店內時與和也的對話。

「您知道有誰對友之先生懷恨在心嗎？」

「可能是我吧。」

現在想想，那必定是自白的前兆。

久我問追出：

「聽說有發現遺書？」

「是的，就放在鏡子前面，大概是希望立刻就被人發現吧。看過之後，就能理解這個人的心情了。」

像特別幫久我準備好的一樣，追出從內側口袋抽出被塑膠袋包著的信紙；數張純白的紙被仔細摺好，攤開就能看見上方的鋼筆字跡。

奪走我弟弟河村友之性命的人，就是我。我坦承自己犯下無法挽回的罪行，同時也以我的生命致上真摯的歉意。

雖然沒有任何辯解的餘地，但我寫下這封信的目的，無非是希望有人理解我殺害唯一親人的理由。

首先必須說明我和弟弟的前半生。我們兩兄弟的雙親在交通事故中過世，當時弟弟只有九歲。因為沒有親戚，當時十六歲的我便從高中退學，開始在向島的理髮店工作。烹煮早晚餐、打掃、白天還要學習手藝，無數次我都感到筋疲力竭，那時支持我的便是友之。

弟弟看不下去哥哥的辛勞，很快就學會了烹飪和洗衣。我和友之在貧困生活中同心協力，相互依賴長大成人。

我開店的時候，友之把他從微薄薪水中存下來的五十萬圓全部領出來，說是給我的賀禮。就算我說不需要，他也不肯退讓，於是我勉為其難地收下了。我原本計劃在友之死去的那晚還給他；那天是開幕一周年的紀念日，友之本來要來店裡。

托客人的福，我的工作進展順利，經濟上也開始較為寬裕。那時我決定將錢還給友之，便從特別欣賞我的鐘錶店店長手上買下手錶。那位先生住在向島，是特地跨過隅田川前來的稀客。考慮到弟弟的性格，他絕對不會接受現金；當我煩惱時，店長告訴我瑞士知名品牌的手錶即使二手也不會貶值，我想既然如此，就把奢侈品和積蓄合而為一，一起送給他吧……

讀到這裡，久我再次想起和也對向島一帶很熟悉。他回憶起高架橋下剛下過雨的事故現場，友之手腕上的手錶被雨水打濕，映照出街燈黯淡的光線。

久我繼續往下閱讀信件。

過了約定時間很久才出現在店裡的友之，看起來和平常不太一樣。他搖搖晃晃地走進來，視線在空中徘徊，還嘿嘿地笑著。雖然友之說和武藤結花一起喝酒很開心，所以可能有點喝多了，但我知道那是謊言。一想到他會不會是使用了非法的藥物，我不禁背脊發涼。

會將我認真的弟弟捲進這種事的，我想就只有武藤結花。因為我對她沒有什麼好印象。以前弟弟帶她來店裡時，她看到鏡子反射出的自己，就會把目光移開。我從來沒有見過這種客人，心想她應該不是走在正途的人。

我質問他是不是被那個女人帶去吸毒，但也許是自己的女友被人說了壞話，弟弟突然臉色大變，朝我撲上來。那瞬間，我內心充滿了愧疚和對友之的憤怒。雙親的那場交通事故，正是因為司機沉迷毒品而放任卡車失控、追撞所導致的。在太平間見到的父母遺體，一直留存在我的腦海中，從來不曾遠去。

我提起這件事，對他怒吼：「你認為吸毒沒有問題嗎？」我還記得我叫他滾出去。友之面帶微笑要離開，身體卻失去平衡撞上花瓶。花瓶在地上摔碎了。那是如同我的養父般的向島本店店長，在我獨立開店時送的禮物。我失去自制力，猛然撞向我弟弟友之，他因此摔倒，頭部撞在地上。

當我意識到弟弟停止了呼吸，我大吃一驚；儘管我嘗試模仿急救動作，但無論怎麼做，心臟都不再恢復跳動。人類這麼容易就死了嗎？我感到非常茫然，百般悲傷席捲而來。但當我回過神，我發現自己拿起剃刀幫弟弟刮了鬍子；拿毛巾幫友之擦臉時，我則開始畏懼於被警察逮捕。我無法看向鏡中反射出的自己。想將他偽裝成自殺時，我忽然想起鐵道高架橋。最近警察驅逐街友的事引起軒然大波，我想那附近應該不會有人，就將弟弟放上車，從高架橋上推下去。他恰巧被車撞上，變成慘不忍睹的模樣。我不知道該如何向我弟弟道歉。

今天早晨，我得知武藤結花以殺害友之為由被捕。她是清白的。請認清真相。

那晚我所做的事，已經全部都寫在這封信裡了。

11

追出發出抽鼻子的聲響。

「那支手錶原來不是因為虛榮才戴的啊。好鬱悶。幫死去的弟弟刮鬍子是一種恐慌反應吧？」

「我應該早點發現的，在他尋死之前……」久我咬緊嘴唇。本該讓他在審訊室裡面對真相，並選擇以其他方式贖罪；也還可以安慰他，在他悉心照料下成長的弟弟，不會希望他受到重罰；況且，這並不是殺人，而是過失性極強的傷害致死。

說起誰有殺害友之的動機，也就只有武藤和松井兩人。她還在煩惱該如何封口時，就有人發現了友之的遺體，她想必內心非常慌亂吧。為了避免警方查到自己身上，她才把友之偽裝成毒販或吸毒成癮的人吧。回想起來，兩人互相推託殺害友之的嫌疑，或許真的誤以為是對方下的手。

久我把遺書還給追出，蹲下來觸摸地板。水泥上鋪了油氈地毯，手心能感覺到彈性。和友之的死因鑑定相符，頭部撞上了「金屬等硬度不高的物體」。

久我慢慢站起來，走向和也的遺體。敬禮致歉後，他抬起了和也的手臂。手肘和四周滿布傷痕，反映出以疼痛換取理髮手藝的職人生涯。

花店來訪時，和也慌張地婉拒了訂貨。因為就算想買花，花瓶也已經摔碎了。

追出神情凝重。「久我，這封信表示我們追查的是冤案，必須盡快向上面報告。」

「他們是清白的。」

讀過遺書的結尾就會知道，警方以殺人嫌疑逮捕他人一事，按下了他自殺的開關；而導致這場局面的，則是小橋強行對松井問話所做出的虛假調查報告。但追出沒有一句怨言，便倉促返回警署。

此時和也被放上擔架，蓋上了黑色塑膠布。他帶著失去靈魂的軀體，離開自己勤懇工作構築而成的小小城堡。久我獨自一人留在店內，幽暗的房內只有消毒盒兀自散發出藍白色光線，照亮仍然乘載著匠人精神的工具。

久我像被燈光吸引一般向前靠近，觀察周邊、確認沒有別人後，代替它已經離世的主人關上開關。對於沒有保護現場之責任的檢察官而言，不該在未經警方同意下這樣做。

久我踩著有村敲破的玻璃碎片出去。接著，便看到倉澤握住有村的手，正打算拉他起來。不知道兩人說了些什麼，表情雙雙恢復平靜。

「喂，差不多該回去了。」

倉澤對久我說辛苦了，走上前來。有村大概已經將遺書內容告訴她了吧。倉澤什麼也沒問，沉默地走在拉下鐵捲門的五金工具街上。有村也跟在後方，但此時，他還沒發覺自己忘了腳踏車和警帽。

回區檢的路上聳立著日本最高的電波塔[7]。尖端附近的兩顆星，像兄弟一般閃爍。

7 電波塔是用來支撐電信或廣播天線的塔式結構，此處指的是東京晴空塔。

終章

因為已經一段時間沒洗衣服，不得不在投幣式洗衣店同時啟動兩臺洗衣機。有村誠司將烘乾的衣物裝進大袋子，像聖誕老人一樣扛著袋子走出洗衣店。

就算放入洗衣精，也洗不掉被前職業拳擊手痛毆時所穿的ＰＯＬＯ衫上，殘留於肩膀和胸前的血漬。雖然還是新衣卻只能丟掉，有村也藉此為迷惘的心情畫下句點，專心走在通往單身宿舍的小路上。

突然間，有村的視線停留在民宅裡盛開的粉紅和白色大波斯菊。無論怎麼看，都是大波斯菊；但是假如收到去除莖和花芯的花瓣，也能夠立刻辨認出這是大波斯菊嗎？

在群馬的醫院接受治療時，他在枕頭下發現一個和紙摺成的小袋子。打開後，裡面放著五片深藍色花瓣；最近上網查才知道是龍膽。包著花的和紙背面寫有五十音，常說字如其人，紙上排列著力道強而圓潤的字跡。

之後，雖然和她見了好幾次面，卻不曾問起為什麼只給自己龍膽的花瓣。該在離開東京之前問她嗎？不過，也許正因為是關乎自己的事，最終大概會什麼都不問就回去鹿兒島吧。

還有一件事讓他反覆回想。因為沒能救下河村和也而崩潰時，和她並肩坐在理髮店前的路緣石上。

「跟有村一起工作的時候，我從你身上學到一件事。我發現調查官是幫助他人的工作。直到昨天，我都還抱著完全相反的想法。」

「但我沒有幫上他。說不定我反而還促使他去自殺。」

「你為什麼會這麼想？」

「我帶手銬的寄放文件去請他簽名時，告訴他嫌疑人已經逮捕了。和也先生在那之後是不是更加內疚呢？」

她加強語氣說：「這不是你的錯。別這樣想。」

有村還沒回答，倉澤卻突然談起了電影。「你知道《科學怪人》嗎？」

「人造人嗎？」

「嗯，那部電影中有這樣的一句臺詞，『雖然我擁有感情，卻沒有人教我使用的方法』，是人造人說的。」

「那又怎樣？」

「我想說，有村是優秀的警官。我之前不是因為生氣所以跟你吵架了嗎？我想我到現在還不知道感情的使用方法，我的感情只為自己使用。不過，有村不僅把感情用在被害者身上，還用在了犯下罪行的人身上，我覺得這樣很了不起。」

「我很了不起嗎？」

「是啊，很了不起。不過，也超白癡。和也先生的死絕對不是有村的錯。」

兩人陷入短暫的沉默，無聲地相視而笑。

稍微恢復精神打算起身時，倉澤抬頭望向夜空自言自語。

「我爸在我十幾歲的時候離家出走，之後我就再也沒跟他說過話了。有村回去鹿兒島之後，我們會不會也一樣，再也說不到話了？」

有村很在意為什麼倉澤將父親和自己相提並論，但才正要問，久我就從店裡出來，只好作罷。

今天早上一併打掃了房間。走進宿舍區的空地，目光便停留在垃圾集中處；有村丟掉了升等考試的課本和試題集。因為不想讓其他住戶發現，他還夾進雜誌和漫畫中間才放到資源回收場。

去年落榜後，他也持續利用執勤空檔勤奮學習；尤其是試題集，為了記下不擅長的刑事訴訟法，還用紅筆字跡一一填滿空白。雖然乘載了強烈的執念，但有村決心切斷對警察一職的留戀；去洗衣前，果斷丟棄了試題集。

在玄關脫下運動鞋時，手機響了；是高中棒球社的同學下園打來的視訊電話。有村輕觸螢幕，畫面上出現黝黑的臉龐，對方不打招呼就說：

「受傷好了沒？」

了。」

「跟你看到的一樣活蹦亂跳。」

「太好啦。不過你下次住院的時候要聯絡我，這樣我就可以用探病當藉口去東京

有村笑著問：「你看到簡訊了嗎？」

「哦，看到了、看到了。是橫濱海關的竹下先生和約書亞對吧？」

有村委託下園老家經營的道路休息站，以他的名義送去新鮮收穫的櫻島蘿蔔。

「下次見面的時候再給你錢沒關係吧？」

「不需要啦。就當作給你的慰問，不用付我錢。」

有村停頓一下，回答了謝謝。

「不過，狗才不會吃蘿蔔。」

「說的也是。」

兩人的笑容占滿對方的螢幕。

下園突然提問：

「你家哥哥什麼時候回來的？」

「啊？你說什麼？」

「我最近常看到他去田裡。」

「田？我家的田嗎？」

「當然啊！去別人家的田不就是小偷了嗎？我家的兼職人員中，有人是你哥的同學，知道他放棄居酒屋回來的時候超開心的。你哥還是跟以前一樣受歡迎呀。」

「騙人的吧。」

「白癡，不良少年本來就很受歡迎。」

「我不是指那部分。我哥真的會去田裡工作？」

「誠司，你該不會還不知道吧？」

有村掛斷電話，短暫陷入茫然。猛然回過神，他迅速跑下宿舍的樓梯。然而，回收車卻早已在他和下園通話時遠去。空蕩蕩的資源回收場只剩下赤裸的水泥地面。

自己總是在緊要關頭缺乏運氣。

倉澤從裏參道的糰子店回到雷門，久我正在一排笑容可掬的婦人前蹲下，高聲喊著「好，笑一個——」，按下快門。才剛把相機還給對方，久我便板著臉面向倉澤。

「喂，妳可真好意思，讓前輩等十五分鐘。」

「因為賣糰子的大叔說要給我剛出爐的，我才在那邊等。」

「剛才那可是第二組了。這裡是觀光區，站著不動就會被當成攝影師。」

「哈哈，久我前輩，你做了好事呢。你為淺草的觀光做出貢獻了喔。」倉澤毫無歉意地說。

兩人在午餐後，走在前往區檢的參道上。秋日的天空晴朗而清澈。淺草寺內，據傳在東京大空襲中倖存的高大銀杏已經染上金黃。

本廳也有所變化。武藤等人的案件從刑事部移交公判部，著手進行開庭準備；久我也從公判部得知專攻性犯罪的律師田代秀美的動向。

武藤的性侵影片真實存在。影片是由一般用戶上傳至成人網站，據觀看過的人所言，雖然臉部已經用馬賽克模糊處理，但還是能夠從聲音和臉部輪廓認出她。至於對象的身分則無法辨識。

倉澤想起練馬洗衣店婆婆的話，那會不會是有人看過影片之後散播出去的謠言？

「久我前輩，公判部好像很緊張喔。」

「應該吧。田代好像有申請個別開庭。」

個別開庭是在不同法庭上審理共犯的措施，在被告間的利害關係對立時受理申請。田代在法院、檢方、辯護人為開庭作準備的三方會議上，控訴被告遭到性侵，並提出影片檔為證據。她主張，由於松井威脅要散布沒有馬賽克的影片，武藤才被迫協助犯行。

影片已經在田代的努力下從網站刪除。據說在案件被大肆報導時，她暗自和網站經營業者交涉。若不在這方面付出心力，便可以預見，一旦辯護策略為外界所知，影片就會開始四處散播。

倉澤對田代的機密行動感到佩服，心情卻相當複雜；她越來越懷疑這是為了逃脫罪名而精心策劃的自導自演。除了親眼目睹的人，誰也不可能知道武藤和松井之間的關係。

她試著問久我：

「我完全不理解武藤這個女人。她到底是聰明還是古怪？是因為貪婪才去搶劫跟走私，還是為了精神上的快感？如果用『難以理解』這個詞概括人類的話，難免會覺得有些不甘心吧。」

檢察官前輩歪著頭，一語道破：「所謂事實，不就是真相的一小部分嗎？」

「咦，是這樣嗎？」

「我們的工作雖然是蒐集證據來證明事實，不過，在那之外，大概還有很多我們不知道的事情。」

倉澤不明所以似地點頭。「你是說，我們永遠無法掌握真相嗎？」

「對，我是這麼想的。因為要是什麼都能靠調查弄清楚的話，就不需要真相這個詞了吧？」

這段期間，松井的律師團隊因為被扣上罪名頓時變得忙碌；而被他們推到記者會上的是拳擊訓練中心的渡瀨省造。

渡瀨表示，由於發現松井患有拳擊手症候群，並沒有讓他從事教練等需要上場的工作，而是讓他專心管理器材。律師團主張精心制定搶劫和金塊走私詳細計畫的人是武藤，松井只是聽命行事。渡瀨似乎想支持律師團的論點，對著鏡頭疾呼：「武藤小姐，請不要把所有罪都推到他身上。」

正當倉澤對判決的走向展開各種想像時，久我突然發問：

「話說回來，有村向松井借用手機時偷看到的號碼，是武藤的預付卡門號嗎？」

倉澤搖頭。「不知道。我們被撤換之後，大概就沒人去查了吧。」

「好像有人把那支號碼告訴松井的律師喔。」

倉澤嚇了一跳，抬頭看久我，只見他帶著淺淺的微笑。他沒有再問什麼，兩人安靜地繼續前行。

在淺草寺的拐角轉彎，區檢的前庭便映入眼簾。倉澤心想，不知道久我還會走在這條路上多久。

「久我前輩，你的辭呈寫好了嗎？」

「寫好了，只是還沒交上去。」

「你果然還是要去常磐的事務所吧。」

久我點了點頭。「倉澤，不知道是不是我的錯覺，妳好像很寂寞。」

倉澤慌張地反駁：「你、你在說什麼啊，久我前輩。到春天我就得調去外縣市了，怎麼可能會覺得寂寞。」

「被這麼乾脆地否定，好令人火大啊。」

久我又接著說：

「欸，妳其實很不安吧？不管是待在這裡，還是調去外縣市。」

倉澤覺得自己被看穿了內心。她決定偶爾也要向前輩表示一下敬意，便放棄回嘴。

「是，您說的沒錯。我失去了自信。」

「哦，難得看妳這麼軟弱，看來是從差點造成生命危險的失敗中學到教訓了。」

被武藤和松井又打又踹的畫面，仍然會不時出現在夢境中。

「學到了。我擔心自己會不會再去做蠢事：不聽別人的話、做事不考慮後果、意氣用事、想法武斷……」

「什麼嘛，妳不是很了解自己嗎？根本不需要我來說教。」

「我想成為優秀的檢察官。」

「沒問題的。」

「啊？」

「我說沒問題。妳一定可以成為優秀的檢察官。」

倉澤安靜傾聽。

「不用因此覺得沒自信。勇敢面對案件不正是妳的優點嗎？就像以前一樣，主動積極投入工作就可以了。」

久我的一字一句深深烙印在倉澤心中。

「可是……」

久我停下來，陷入沉默。

「可是什麼？」

「我想我的意見是少數派。」

倉澤差點跌倒。

「啊，受不了，認真聽你講話是我的損失。」

久我帶著克制的笑容看向倉澤。

「我也想成為優秀的檢察官。不對，等等，應該是曾經想成為……」

多香子說在「出清大特賣」新買的西裝不太合適，原因之一或許是色彩過於鮮豔的襯衫，與緊緊繫上的領帶感覺格格不入。但今天是人生中的大日子，久我集中精神，無論衣著或精神都嚴禁鬆懈。

四季流轉，春日來臨。倉澤聽著三月來臨的聲音，踏上前往鹿兒島地檢署的旅途；恰好那裡也是有村的故鄉。聽說他決定留在警視廳，這或許是愛神的惡作劇，但仍留下了一條連接兩人的細線。至於那條線是紅色的，或是會染上其他顏色，久我心想，也許該取決於他們自己。

離開東京車站，混雜花粉的風吹得久我鼻子發癢。二重橋法律事務所位於常磐春子曾對他露骨地進行說教的皇宮飯店一旁的高樓。久我用衛生紙擤著鼻涕，抬頭仰望常磐春子辦公室所在的高樓層。

新年時，常磐在電話中說，已經做好「律師　久我周平」的門牌掛在辦公室裡了，於是久我拜訪了事務所。自那次以來，久我已經三個月沒見過她。

久我走出電梯，腳踩柔軟的地毯走進理事長室。常磐翹腳坐在沙發上，低頭看著文件。茶几上沒有茶具，而是一看就知道是企業財務報表的成堆紙張。

「您非常賣力呢，是在看開庭的資料嗎？」

久我用問題代替問候，被她瞪了一眼。

「因為你的關係，害我又回到特搜檢察官的崗位了。我沒遇上好部下啊。」常磐嘲諷地說道。上次來訪時，久我在電梯裡下定決心繼續當檢察官。這已經是第二次讓辦公室門牌還沒使用過就被丟棄了。

「我還真沒想到久我居然會逃跑，我連辦公室都幫你準備好了。」

「這次真的非常抱歉。」

久我低頭道歉，常磐用爽快的聲音回答：「算了，你坐那邊。」

常磐注意到久我的服裝格外隆重。「你今天穿得很時髦嘛……啊，對了，今天是你女兒的入學典禮。」

「我今天休假。」

「哎呀，你跟我說一聲不就好了。要跟我見面的話，什麼時候都可以啊。」

「不會不會，到典禮開始前時間還很充裕，請不要放在心上。」

常磐暫且放心，再度展開笑容。

「好了，您找我有什麼事？」

「喔對，我和特搜部的爭執快結束了，我想告訴你這件事。」

「是高津的案件嗎？」

她點點頭。

「我把久我你捲進來，害你留下了不好的回憶。」

「看您的表情，應該是贏了吧？」

「不知道算不算贏了。」常磐嘀咕一句，稍作思考後再次小聲說：「我心情非常複雜，畢竟我以前也是特搜檢察官嘛。」

特搜部雖然以逃稅為由起訴高津，卻未能有進一步動作。據說已經宣布他們放棄對政界的調查。

「扣押的資料全都會退回來。居然還叫我過去拿，那群人真是輸了也要逞威風。」

「也就是說，案件辦到逃稅部分就停了，什麼成果都沒有。」

「聽說福地快氣瘋了。說自己被人擺了一道，因為常磐叫他丟掉資料，所以應該用湮滅證據逮捕她之類的，不過倒是沒有一個部下相信。」

久我不客氣地提問：

「您有湮滅證據嗎？」

「怎麼可能，我只是堂堂正正地守護被告的權利而已。在法律範圍內。」

常磐臉上掛著自信滿滿的笑容，將話題轉回至逃稅案。

「他們到即將判決前才終於出示證據，我那時候才知道高津並沒有自白。」

「不就是因為高津承認那筆灰色收入是還沒超過公訴時效的近期所得，特搜部才決定逮捕他？」

「那就是半調子的地方。」

根據常磐所說，筆錄中承認隱瞞所得的部分寫的是「七年間獲得之資金也同樣包括在內，未有不合常理之處」。

「哪、裡、合、常、理、了啊？那是他們的推測吧？包括在內這種措辭也很奇怪。如果把資金算進去，就只逃了一百圓的稅，這樣也沒問題？」

常磐毫不留情地戳破這一點。

是否會被認定為自白，極大程度取決於對筆錄的評價。審判中，若法官憑心證決定採用，那就是自白；反之，若決定不採用，那就是否認。另外，也有訊問的人和被訊問的人長時間面對面，勉強找出平衡點做的筆錄；那種情形下的筆錄，往往填滿了既可以視作自白，也能視作否認的語句。

然而站在檢察官的立場，要求否認嫌疑的被告在筆錄上簽名是一件難事。久我雖然對審訊官的技巧感到尊敬，但換作自己，並不會採用這種供述。模稜兩可的筆錄會因為觀點不同而產生自白或否認兩種解釋。田中博恐怕是因為做不出這樣的筆錄才被撤換。

常磐的臉色突然間變得陰沉。

「我贏了。不過，很可惜。」

「怎麼說？」

「案件如果牽扯到政界的話，就可以重新簽約，再加收一筆委託費吧？」

久我吃驚得瞪大眼睛，她則擺出得意的表情。

「開玩笑的啦。」

常磐收回得意的表情。

她吐露真心話：「我沒有腐敗到那種程度。高津藏著一大筆錢的確是不光彩的事實，即使福地是為了升官才插手案件，我認為正義得以伸張就是最好的結果。但是，從事阻止這件事的工作，讓我感到痛苦萬分。」

久我試探性地詢問：

「福地會因為調查未能繼續進行而被究責嗎？」

「不會吧，也沒人會去追究啊？因為高津的嫌疑是事實……雖然我不喜歡福地，不過也不希望特搜部畏懼棘手的案件而止步不前，那樣會害前檢座做不成生意呢。」

不久後，她像忽然回憶起某件事情般說道：

「對了，小橋有來面試喔。叫我錄取他。」

「小橋克也嗎？」

「沒錯，真是個厚顏無恥的男人，明明知道我已經鎖定了久我。」

小橋因為以殺人嫌疑錯誤逮捕了武藤和松井而被追究責任，離開主任檢事的職務。他雖然曾短暫在刑事部和久我一樣處理略式案件等基層事務，但在過年前便交出辭呈，離開檢察機關。

常磐繼續說：

「那傢伙對組織心懷恨意。所以才會來到律師界中和檢方對峙最激烈的我這裡。他覺得表現出對檢方的敵意就會被錄取吧。」

「某方面來說，他是很堅強的人。可以把逆境轉化為生存的食糧。」

她似乎沒有異議。

「那男人應該會被哪家事務所撿走吧。既能毫不客氣地挑戰檢方，頭腦也很靈光。在這個業界，像他那種人才能爬上高處吧？」

談話途中，常磐突然轉換目標，目不轉睛地盯著久我。

「好，接下來是久我的話題。能不能誠實告訴我？」

「您到底在說什麼？」

「拒絕我挖角的理由啊。」

「因為我想繼續當檢察官。」

「這我已經聽你說過了。理由不只這樣吧？是不想變成像我這樣的人吧？」

「您說的對。我不希望讓自己感到痛苦，所以不適合律師界。」

儘管沒有再多說什麼，但少年時代的記憶仍然存在於內心深處。雖說這是賦予受到法律制裁之人的正當權利，但無論如何他都不想為導致父親走上絕路的社會黑暗面辯護，久我從未動搖過內心的想法。只不過，暫且不論上述心情，他發現將個人情感與工作切割開來的十多年時光竟也不壞。

「好，我知道了。終於痛快了。我放棄久我了。」

常磐斬釘截鐵地說完，再次回到與文件的戰爭之中。

久我邁著緩慢的步伐走了出去，抬頭仰望高樓大廈間的天空，深吸一口來自行道樹的綠色氣息。

他已經不再聽到那首歌了。

本作為「第3回警察小說大賞」得獎作品，
經大幅擴充、修正成書。

本書情節為虛構，
作品中登場之人物、團體及事件等皆為架空。

關於電影之記載參考自
和田誠《樂趣從現在開始　電影名台詞》全系列
（暫譯，原書名為《お楽しみはこれからだ
映画の名セリフ》Part 1~7，文藝春秋）

推薦序／警察小說大賞的開疆之作，檢察官小說界的橫山秀夫堂堂登臺

文／喬齊安

「我認為『寫得正確』是寫警察小說的必要條件。換句話說，我認為寫小說時借用這種存在於現實的警察組織，是需要遵守禮儀和職業倫理的。」——譽田哲也

源自歐美，但開發出職人、組織特色的警察小說已經深深扎根於日本國度，就像每季日劇新番必然推出的刑偵劇般，警察小說的熱度絲毫未見減退，每隔一段時間就會出現掀起話題的代表性作品。二〇一〇年代，長岡弘樹的《教場》接下由大澤在昌、橫山秀夫、譽田哲也等前輩傳承的接力棒，至今系列累積銷售突破百萬冊，由木村拓哉主演的日劇更是叫好叫座，為出版社與作家帶來大筆收益。或許是受到《教場》的激勵，原出版社小學館在二〇一七年末舉辦了「警察小說大賞」，成為日本眾多文學獎中，第一個專門為了募集警察小說而成立的賽事。

大賞的官方網站上指出，警察小說與電影、電視、漫畫等互動改編有很高的相容性，比賽的目標就是要挖掘出能夠推向ＩＰ多角化經營的作品，並請到了長岡弘樹、今野敏、相場英雄、月村了衛、東山彰良這些超一流作家，和打造出《教場》等暢銷大作的小說部總編輯幾野克哉組成華麗的評審團。小學館的企圖心十足，除了高額獎金，更以大賞作品將由幾野擔任責編為宣傳賣點，強調由最優秀的編輯來幫助新人作家打造最棒的處女作，奠定良好的出道基礎。

這項大賽在頒發了三屆後，二〇二一年改制為「警察小說新人賞」持續舉辦中，目前已經出版了五本作品。每一部作品都不愧大賞之名，即使在同性質作品林立的日本書市都顯得新奇有趣，充分拓展了警察小說的原生視野。第一屆得獎作・佐野晶《鬼魂與警察ＧＡＰ》（暫譯）設定了一群平常在派出所摸魚的警察，過著悠閒巡邏與鄰里打屁的生活，某天卻遭遇了凶殺案……故事充滿幽默感與溫情。

第二屆得獎作・鬼田隆治《對極》則搖身一變為冷硬派的風格，主角中田被稱為警察小說史上最邪惡的反英雄，加入ＳＡＴ特種部隊的原因是可以合法地從事暴力活動，甚至在任務中冷血射殺未成年的綁架犯；同一屆，另外一本在決選中落敗，但深獲評審好評得到出版機會的，則是伊藤尋也的《小學生警察》，顧名思義揹著「警視正」高官階級的主角，竟是一名只有七、八歲年紀的神祕幼女。爾後在第一屆的警察小說新人賞得獎作．麻宮好《把愛傳出去——泥濘的捕快兵器》（暫譯）更是大膽地回歸至江戶時期的「捕物帳」，完美結合了時代風情與歷史謎團。我們可以在上述每一本作品中看到驚人的創意，認知到墨守成規在這項競爭激烈的大賽中是無法脫穎而出的。那麼，身為第三屆大賞作品，本文中要來介紹的直島翔《滾石檢察官不生苔》，又是一本多麼難以預料的小說呢？

在某個夏日的夜晚，一名年輕人從高架橋墜落，被超速行駛的汽車撞倒。這是自殺還是謀殺？不得志的檢察官久我周平，因為巡查有村誠司鬧的烏龍，意外被載到現場，進而發現有不對勁之處。在酒友追出刑事課長的請託下，他與菜鳥檢察官倉澤瞳、巡查有村開始調查，卻被捲入規模超乎想像的重大犯罪。而檢察廳內不斷在背後暗算的同僚黑手，更將為久我帶來職涯最大的危機。

從簡介中讀者應該可以發現，本作最特別之處自然便是隸屬於「檢察官小說」，而非傳統認知的「警察小說」。固然書中有好幾位警察角色，但故事整體仍以描述檢察官的生活、檢察廳的組織面貌為主，因此長岡弘樹的評審意見誠實地指出，把大賞頒予本作似乎有點偏離比賽的初衷；但這也正意味著《滾石檢察官不生苔》的內容有多麼強勁，好到足以壓過其他「正港」警察小說。筆者認為從本作中看到最耳目一新的優點，就是小說中主要的角色們，徹底顛覆了前兩屆大賞和刑偵劇最常見的現象：「標新立異的人物，或反世俗與拒絕讀空氣的性格」。

是的，即便不像以施暴為樂的惡警或小學女生那麼極端，但戲劇電影追求娛樂性，仰賴角色的獨特魅力打破辦案常規是常見的手法，尤其在由數名成員組成的團隊中傾向更為明顯；天海祐希主演的《BOSS女王》、今野敏原作改編的《ST警視廳科學特搜班》皆充斥著不合群的怪咖，他們難搞但各具神通，欣賞領導者如何統領、團結他們成為樂趣所在。我們讀者大多平常就在妥協中重複著一成不變的人生，很自然地想從娛樂作品中體驗日常中沒有的刺激……偏偏《滾石檢察官不生苔》中不只沒有半個標新立異的人物，事件與動機也寫實得宛如社會新聞，看似沒有爆點卻又能讓人越讀越沉迷其中，著實是不可思議的深厚筆力。今野敏便評價本作的穩定感讓他難以相信是出自新人之手。

久我、倉澤、有村絕非鎂光燈下的焦點，而是組織中的「無名小卒」。他們現在或過去都懷抱對這份工作的理想，卻只能在無情的現實中載浮載沉。久我在司法考試中落榜四次才過關，在檢察官的世界低人一等；倉澤成績優異卻被大材小用地分派到遠離本廳的區檢分室，慘遭同期嘲笑；有村運氣總是差了那麼一點，勤奮負責但卻未能考上巡查部長；甚至追出課長過去任職的，也是三課竊盜偵查組，光環永遠比不上負責殺人或搶劫等重大案件的搜查一課強行組……他們既不起眼，也不會為了升官而批鬥同僚，只懂得低調老實地工作。這是一群「沒有戲劇性」的人物，隨處可見的小螺絲釘，根本不會在日劇或電影中被列入主演，是在過去警檢小說中罕見的「平凡人」。

然而，本作最可貴的，正在於那精準的職人精神與凡人生活描繪。作者直島翔明快地指出大眾對於檢察官是陌生的，「我們都想知道這些人不在法庭也不在辦案時，會做些什麼？」而作者本人具備了最專業的背景，他是資深記者，過去負責在東京檢察廳跑新聞，因此與不少真正的檢察官建立交情。《滾石檢察官不生苔》中的久我就有個現實中存在的角色原型，書中一位不斷在晚上拜訪檢察官宿舍的記者，也正是直島翔的化身。作者了解檢察官，也決定書寫他們的真實日常、思考模式和人際關係：檢察官可不能像《HERO》中久利生公平一般隨心所欲，那是會被排擠跟流放的，無論再怎麼會破案都一樣。

直島翔的經歷與理念，帶給筆者他有望成為「檢察官小說界的橫山秀夫」的期待感。警察小說第一人的橫山秀夫正是憑藉過去的記者實務經驗，描寫出警察內部不為人知的組織問題，開創了有別於辦案程序外的嶄新脈絡。直島翔小說中的檢察廳大小事也一樣，那些不是靠田調就能得到的資訊，這就是他最強大的武器。警察與檢察官一向是刑偵、律政劇中的「工具人」，只為破案而服務，開口的臺詞都在討論命案或正義。橫山剝去了警察的制服，還給他們生而為人的臉孔；直島無疑延續了這套思維，拔下「秋霜烈日」（檢察官徽章），讓角色在煩惱中展露人性。他們擁有很大的權力，卻也是一名普通的上班族，一個普通的父親或女兒。汲汲營營於職場派系的鬥爭、家庭關係的修補、追求愛情與事業的幸福。這些角色乍看下似乎不那麼「有趣」，卻是活靈活現地反映了與我們讀者共有的喜怒哀樂，並從他們在困境中做出的決斷獲得面對挑戰的勇氣。

目前在臺灣出版過的日系檢察官小說，以柚月裕子的「佐方貞人」系列和中山七里的「能面檢察官」系列最具知名度。這兩位主角檢察官都是顯眼的人物，剛正不阿嫉惡如仇，不屈服於上級的壓力，堂堂正正地在偵訊室與法庭上擊破罪犯和辯護律師，可以說是反映作者理想，更符合世俗需求的「正義的化身」。《滾石檢察官不生苔》同樣令人震驚地捨棄這一種理想化，小說主角不屬於菁英分子，其身處的區檢分室處理的是鄉里糾紛的雜務，更別說有什麼與律師針鋒相對的辯論場景了，這樣的小說卻帶來前所未見的新鮮感與臨場感。曾經反應過檢察官資料很難蒐集的柚月裕子便表示，背負人性束縛、真誠追求正義，有血有肉的久我檢察官在履行他的職責時的景象，非常令人信服。

對長年研究犯罪推理小說的筆者來說，讀寫開疆拓土的《滾石檢察官不生苔》饒富樂趣，本作也毫無疑問地受到了讀者的歡迎，二〇二二年作者推出了短篇組成的續集《戀愛中的檢察官不知天高地厚》（暫譯），除了久我以外，還可以看到特搜部第一位女性檢察官常磐春子，以及調動到南九州的倉澤各自活躍的英姿，第三集也在撰稿之中。直島翔憑藉他深厚的記者素養與採訪心得，陸續在小說中反映日本司法行政系統的弊病，甚至是經濟衰退的「失落三十年」間的國家風景，企圖心相當宏大。久我周平能否在鬥爭激烈的檢察廳中生存下來？令和時代的檢察官小說新浪潮能否捲起《教場》之後的千重浪？就讓我們推理迷密切關注下去吧！

本文作者簡介／喬齊安（Heero）
臺灣犯罪作家聯會成員，百萬書評部落客，日韓劇、電影與足球專欄作家。本業為製作超過百本本土推理、奇幻、愛情等類型小說的出版業編輯，成功售出相關電影、電視劇、遊戲之ＩＰ版權。並擔任KadoKado百萬小說創作大賞、島田莊司獎、林佛兒獎、完美犯罪讀這本等文學獎評審。

迷迷 iV-024　**滾石檢察官不生苔**
転がる検事に苔むさず

作者：直島翔
譯者：陳柏翰、林宛彤
封面設計：白日設計 Baizu Design Co.
責任編輯：王儷璉
行銷企劃：陳珮瑄
發行人：王永福
出版者：新雨出版社
地址：新北市三重區重安街一〇二號八樓
電話：02-2978-9528
傳真：02-2978-9518
服務信箱：a68689@ms22.hinet.net
郵政劃撥：11954996 戶名：新雨出版社
出版登記：局版台業字第 4063 號
出版日期：二〇二四年三月初版
ISBN：978-986-227-336-4

國家圖書館出版品預行編目 (CIP) 資料

滾石檢察官不生苔 / 直島翔作；陳柏翰，林宛彤譯．-- 初版．-- 新北市：新雨出版社，2024.03
面；　公分．--（迷迷；iV-024）譯自：転がる検事に苔むさず
ISBN 978-986-227-336-4(平裝)

861.57　　113002006